ZUM MORD BESTIMMT

Marlene Warnke

Zum Mord bestimmt

Kriminalroman

Impressum

Bibliografische Information der Deutschen Nationalbibliothek:
Die Deutsche Nationalbibliothek verzeichnet diese Publikation in
der Deutschen Nationalbibliografie; detaillierte bibliografische
Daten sind im Internet über http://dnb.dnb.de abrufbar.
© 2023 Marlene Warnke
Herstellung und Verlag: BoD – Books on Demand, Norderstedt
ISBN: 978-3-7460-5940-2

Inhaltsverzeichnis

Prolog - Ein Rätsel	II
Kapitel 1 - Unerwünschter Gast	IV
Kapitel 2 - Das Verhör	X
Kapitel 3 - Hass	XV
Kapitel 4 - Böse Überraschung	XIX
Kapitel 5 _ Zettel	XXII
Kapitel 6 - Attacken	XXIV
Kapitel 7 - Melanie	XXVI
Kapitel 8 - Geisterhafte Erscheinung	XXIX
Kapitel 9 - Noch Ein Rätsel	XXXII
Kapitel 10 - Undercover	XXXIV
Kapitel 11 - Gina	XXXVII
Kapitel 12 - Nachhause	XXXIX
Kapitel 13 - Umgeben Von Hass	XLI
Kapitel 14 - Kira	XLIV
Kapitel 15 - Vertrauen?	XLVI
Kapitel 16 - Freundinnen	XLIX
Kapitel 17 - Beweisaufnahmen	LI
Kapitel 18 - Verändertes Zuhause	LIV
Kapitel 19 - Hoffnungsschimmer	LVII
Kapitel 20 - Wahnhafter Hass	LIX
Kapitel 21 - Rache	LXII
Kapitel 22 - Wichtige Entscheidungen	LXV
Kapitel 23 - Schuld	LXVII
Kapitel 24 - Alte Spuren	LXX
Kapitel 25 - Zurück Am Anfang	LXXII
Kapitel 26 - Vollkommen Unbekannt	LXXV
Kapitel 27 - Neuer Verdacht	LXXVII
Epilog - Wahrheit	LXXXI
Nachwort	LXXXIX

Prolog – Ein Rätsel

"Rache." Das Wort, das der Person am Zaun so viel Freude bereitete. Rache war alles, was sie wollte. Egal, wie sie es erreichen würde.
Ein Quietschen erklang und das Gartentor schwang zurück. Eine Person, die in schwarz gehüllt war, lief über den Feldweg, bis sie vor der Tür der Hauses ankam. Leise sprach sie ein kleines Gedicht, teils von Freude, teils von Hass erfüllt.
"Wahrheit
war nie weit und doch ewig so fern.
Wahrheit
tut weh, doch sie nicht zu kennen noch mehr.
Wahrheit
jeder kennt das Wort, doch weißt du auch, was es heißt?
Wahrheit
jeder Weg führt dahin, wenn du ihn zurückgehst.
Irgendwann
war die Wahrheit Wirklichkeit.
Wirklichkeit und Wahrheit
war alles und doch gibt es beides nicht mehr.
Wahrheit
nie kannte ich sie mehr.
E.G."
Die letzten Buchstaben waren nur noch voll Hass. E. G. Elisabeth Grandler, diejenige, der diese fremde Person

ihr gesamtes Leid zuordnete. Diejenige, die angeblich ihr Leben zerstörte.

Glaubte Elisabeth wirklich, die Wahrheit zu kennen? Die Gestalt im Garten lachte. Unmöglich konnte sie das, denn dieses Rätsel gab es noch nicht. Nein, dieses Rätsel gab es noch nicht, doch es würde das schwerste in Elisabeths Leben werden.

Wie naiv konnte man nur sein, solch ein Gedicht zu schreiben? Über 'Wahrheit'. Die Wahrheit würde Elisabeths Untergang sein, so viel war sicher. Denn die Wahrheit findet nie ihren Weg, im Gegensatz zu der Wirklichkeit. Wie konnte sie beides nur bloß vergleichen? Wahrheit war das, was Elisabeth immer suchte. Wirklichkeit waren die Morde, die nun in ihr Leben treten würden. Die Morde, die der ungebetene Gast in Garten begangen hatte.

Kannst du wirklich jemandem einen Mord unterjubeln? Das Gewissen der mysteriösen Person meldete sich zu Wort. Konnte sie es? Die einfache Antwort war ja. Um ihr Ziel zu erreichen, würde sie alles geben. Sie hatte schon gemordet und würde es zweifellos wieder tun, wenn sie sich dazu genötigt fühlte. Ein höhnisches Lachen erklang und die Person verschwand wieder. Nun würde alles seinen Lauf nehmen. Ein einziger, verloren wirkender Zettel blieb vor der Türschwelle des Backsteingebäudes liegen, in dem die junge Grandler erst seit wenigen Wochen wohnte.

"Du bist zum Mord bestimmt. Du weißt es, Elisabeth." Das war der Inhalt des Zettels. Worte, die in der Dunkelheit kaum zu erkennen waren und doch ihr Leben stark verändern würden.

"Jetzt würde jeder Elisabeth, die unfassbar brave und niedliche Elisabeth, für eine Mörderin halten. Ihr süßes Lächeln würde verschwinden. Die Tränen würden fließen. Blut, das eigentlich über meine Hände gelaufen war, würde ihr zugewiesen werden." Ein teuflisches Grinsen machte sich auf dem Gesicht der Person breit, während sie vor sich hin flüsterte. Es war ihr Rätsel, das Elisabeth lösen musste, um dem Tod zu entrinnen, doch auch ihre Fährten, die den Tod zu Elisabeth führten.

Der reinste Wahnsinn sprach aus den Gedanken und heimlichen Worten der Gestalt, die nun den Feldweg entlangspazierte. Der Wahnsinn, der schon zum Tod geführt hatte und wieder forthin führen würde. Das Gartentor quietschte und der seltsame Besucher war verschwunden. Zurück blieb nur der Zettel, der so viele Fragen aufwarf. Und ein Hauch des Todes.

Kapitel 1 – Unerwünschter Gast

Elisabeth trat in ihren Garten hinaus, um wie jeden Morgen als zuerst ihre Blumen zu gießen, doch stattdessen entdeckte sie den Zettel vor der Haustür. Verwundert las sie den Text und schüttelte den Kopf. Sicher war es nur ein Kind, das sich einen Streich erlaubte, dachte sie sich. Sie steckte den Zettel ein und lief ein Stück den Weg entlang.
Plötzlich entrann ihr ein lauter Schrei. Fast wäre sie über eine Person am Boden gestolpert. Sie kniete sich nieder. Wer war das nur? Was machte die Frau hier nur? War das etwa Blut an ihrem Kopf? Elisabeth

schlug die Hände vors Gesicht und ihr wurde schwindelig. Schließlich fand man nicht jeden Tag jemanden mit einer Kopfwunde vor seiner Haustür.
"Hallo? Geht es Ihnen gut? Sie sind wach? Hallo?" Vorsichtig rüttelte sie an den Schultern der am Boden liegenden Frau. Sie sah relativ jung aus und hatte normale Sportkleidung an. Sie konnte nicht lange in der Stadt wohnen, denn normalerweise kannte hier jeder jeden und Elisabeth war sie vollkommen unbekannt.
Sie schüttelte stärker, da die Frau sich immer noch nicht rührte. Der Kopf kippte zur Seite, doch es floss kein Blut mehr, obwohl die Wunde beinahe handbreit war. Elisabeth stieß einen kurzen angsterfüllten Schrei aus. Das konnte nicht wahr sein! Eine Tote in ihrem Garten! Erst dieser seltsame Zettel und jetzt das hier!
"Hil... Hilfe!", schrie sie hysterisch und fuchtelte wild mit den Armen herum. Einige Fußgänger auf der anderen Straßenseite beobachteten sie argwöhnisch, kamen jedoch nicht herüber. Panisch blickte sie auf die Frau vor ihrer Tür. Vielleicht war alles nur ein schlechter Traum. Ja, das musste es sein.
Elisabeth ging hinein und die Treppe hoch. Kaum im Zimmer angekommen, legte sie sich wieder ins Bett. Sie verschränkte die Arme vor der Brust und wartete darauf, dass sie endlich aufwachte. Doch was war, wenn sie nicht geträumt hatte? Das wollte sie sich lieber nicht vorstellen, der Zettel, den sie bekommen hatte, war schon schlimm genug. Eine Leiche war etwas zu viel.
Ein Schrei ertönte draußen, hundert Mal lauter und schriller als ihr Elisabeths. Frau Bäcker. Nur ihre nervige Nachbarin konnte so laut schreien. Und wenn Frau Bäcker schrie, dann kam entweder jemand in viel zu

kurzen Sachen vorbei, oder etwas Schlimmes war geschehen. Elisabeth tippte auf das Zweite.
Sie blickte noch einmal auf ein Wunder hoffend nach oben und ging anschließend wieder hinaus. Nein, die tote Frau war leider nicht verschwunden. Vielleicht würde sie aber noch verschwinden. Vielleicht war sie einfach nur eine Halluzination ...
"Geht es Ihnen gut, Frau Bäcker?" Sie versuchte vollkommen ruhig zu bleiben, nur für den Fall, dass alles ein Traum war und sie in Wirklichkeit einfach nur in ihrem Bett vor sich hin redete.
Ein irritierter Blick traf Elisabeth. "Siehst du etwa nicht die Tote vor deiner Haustür?"
Also war es doch keine Einbildung. Verflucht!
"Natürlich. Würde es Ihnen ausmachen, die Polizei zu rufen? Mein Telefon wird erst am Montag eingestellt."
Noch vor wenigen Wochen wohnte Elisabeth bei ihren Eltern am anderen Ende der Stadt. Nun hatte sie das Haus einer Freundin abgekauft, die unbedingt umziehen wollte und wegen des überstürzten Umzuges hatte sie kaum Zeit gehabt, irgendetwas zu installieren.
Ihr ungewöhnlich ruhiger Tonfall, den sie trotz ihrer Nervosität behalten wollte, machte die Nachbarin stutzig. "Eine Leiche wird in deinem Garten gefunden und du willst, dass ich in Ruhe die Polizei anrufe. Irgendwie verdächtig." Frau Bäcker ging vorsichtshalber einen Schritt zurück. Argwöhnisch musterte sie Elisabeth noch einige Minuten, bevor sie wieder ins Haus ging.
Elisabeth kannte ihre neue Nachbarin schon lange, besser gesagt, seit sie ein kleines Kind war. Damals war Frau Bäcker ihre Erzieherin, doch ein so seltsames Be-

nehmen war Elisabeth bei ihr nie aufgefallen. Glaubte sie wirklich, Elisabeth hätte etwas damit zu tun?

"Verdammt!" Elisabeth fluchte zwar nicht gerne, doch nun hatte sie allen Grund dafür. An diesem Tag ging aber auch wirklich alles schief! Wäre sie doch bloß nie aus dem Bett gestiegen, dann müsste sie jetzt nicht im Garten vor einer Leiche stehen, während ihre Nachbarin andeutete, dass sie eine Mörderin war.

Nach nur wenigen Minuten kam die Polizei an. Frau Bäcker hatte sie gleich zu Fuß geholt. Natürlich, wenn man in einer Kleinstadt lebt, kann die Polizei nicht weit entfernt wohnen. Eigentlich hätte sie dort selbst hingehen können. Doch noch immer war sie viel zu überfordert von der Situation, als dass sie irgendetwas Vernünftiges tun konnte. Als beide, ihre Nachbarin und Hauptkommissar Kurt ankamen, tuschelten sie noch einige Minuten am Gartenzaun und Frau Bäcker zeigte, natürlich möglichst unauffällig, auf Elisabeth.

Der Polizist kam, noch in Hausschuhen und im Pyjama, zu ihr herüber. "Das ist also Ihr Haus, Frau Grandler?"

Sein Anblick war wirklich lustig, doch im Ernst der Lage wollte Elisabeth es vermeiden, zu lachen. Denn das würde alles noch viel schlimmer machen. Sie kannte ihn gut genug, sodass sie wusste, wie schnell er etwas falsch verstehen konnte. Immerhin war er der Vater einer ihrer besten Freundinnen. Dieser Unterton in seiner Stimme verpasste ihr dennoch einen Stich ins Herz.

"Natürlich ist es das! Oder was glauben Sie?" Elisabeth war völlig außer sich. Was bildete er sich bloß ein? Immerhin wohnte hier früher seine Tochter und er hatte ganz sicher etwas von dem Verkauf mitbekommen. Es war zwar nichts Neues, dass er sie nicht überschwänglich begrüßte, aber dass er so misstrauisch ihr gegenüber war, verletzte sie dennoch.

Erst dann wurde ihr bewusst, wie alles aussah. Eine Leiche in ihrem Garten, sie die einzige Person in der Nähe und überall ihre Spuren, weil sie an der Leiche gerüttelt hatte. Es stand wirklich schlecht für sie.

"Sie würden uns eine Menge Arbeit ersparen, wenn Sie einfach en Geständnis machen. Natürlich auf der Polizeiwache." Der Kommissar gähnte und wollte ihr gerade die Handschellen anlegen, als Elisabeth sich ruckartig umdrehte.

"Das kann nicht Ihr Ernst sein! Ich habe diese ...", sie sah zu der Leiche herüber, "diese fremde Frau nicht umgebracht!" Vor Nervosität torkelte sie einige Schritte rückwärts. Der Polizist, der sich offensichtlich noch halb im Traumland befand, betrachtete sie völlig verdattert.

"Haben Sie nicht? Und wieso liegt sie dann in ihrem Garten?" Er wollte den Mord einfach so schnell wie nur möglich abhaken. Keine großen Ermittlungen, ein paar kleine Berichte und wieder viel Freizeit. Und noch dazu keinen Skandal, der bei einem Mord normalerweise zu erwarten war.

"Ich weiß es nicht! Fragen sie doch den Mörder." Elisabeth zuckte mit den Schultern. Gestern war doch noch ein normaler Tag gewesen und jetzt das hier. Eine Katastrophe!

"Ich frage Sie doch." Der Polizist blieb ruhig und gähnte leise. Für ihn schein der Fall klar. Auch ohne Motiv gab es einfach genug Beweise.

"Ich bin aber nicht die Mörderin!" Elisabeth raufte sich das Haar. War er aber stur! Doch daran konnte sie leider nichts ändern. Immer mehr Menschen sammelten sich am Zaun zusammen. "Mörderin!" Es dauerte nicht lange, bis die erste Beleidigung ertönte. Elisabeth drehte sich um. Überall standen Menschen, manche liefen wieder weg, doch meist nur, um irgendwelche Lebensmittel zu holen, die sie dann zum Werfen benutzten. Innerhalb von Minuten sammelten sich dutzende von Menschen vor ihrem Haus an, manche kletterten sogar über den Zaun, um näher an ihr Wurfziel heranzukommen. Viele von ihnen kannte sie, Schulkameraden, Freunde, gute Bekannte und sogar einige ihrer ehemaligen Lehrer.
"Wollen Sie dagegen nicht etwas tun?", verdeutlichte Elisabeth dem Kommissar, einige der Rabauken festzunehmen.
"Husch! Husch! Verschwindet!" Er wedelte mit den Armen und blickte hilflos in die Menschenmenge. Ohne seine Kollegen konnte er wohl nichts tun, doch selbst wenn sie endlich kommen würden, würden zwei Dorfpolizisten nicht sehr viel helfen können.
"Selbst wenn Sie sich nun nicht die Mühe machen, ein Geständnis abzulegen, so wäre es doch bloß zu ihrem Besten, wenigstens für eine Aussage auf die Polizeiwache mitzukommen."
Elisabeth blickte wieder in die Menge und seufzte. Selbst wenn sie ihm nicht vertraute, den Leuten ihrer eigenen Heimat ausgesetzt zu werden, wäre wohl noch schlimmer. Also nickte sie. Eine Nacht in der Zelle würde nicht schaden.

Während sie durch die überfüllten Straßen liefen, unter dem ständigen Beschuss von Lebensmitteln, von denen sich Elisabeth ab und zu einen Happen genehmigte, bemerkte sie plötzlich einen Zettel, den ihr jemand ins Haart gesteckt hatte. Mit einer Hand, den mit der anderen wurde sie durch die Straßen gezerrt, entfaltete sie ihn.
"Du bist zum Mord bestimmt. Du weißt es, Elisabeth."
Schon wieder so ein seltsamer Zettel. Wer schrieb ihr bloß diese Nachrichten? Etwas an der Handschrift kam ihr vertraut vor, sie wusste nur nicht, was es war.
Du bist zum Mord bestimmt. Was sollte das bloß heißen? Natürlich, wenn heute der erste Zettel ankommen würde, würde sie denken, dass einer der fanatischen Stadtbewohner ihn aus Überzeugung geschrieben hat. Doch der erste Zettel kam doch schon heute Morgen an, als noch niemand die Leiche bemerkt hatte ... Es gab nur eine Lösung. Der Mörder musste den Zettel geschrieben haben. Nun war das einzige Rätsel, herauszufinden, wer den Zettel geschrieben hatte. Dann würde sich auch klären lassen, wie der unerwünschte Gast in ihren Garten kam.

Kapitel 2 – Das Verhör

Ich sagte doch, dass ich nichts damit zu tun habe!" Genervt ließ sich Elisabeth in den Stuhl fallen, nachdem sie wütend aufgesprungen war.
"Es können nur Sie sein. Bitte, ersparen Sie uns doch einfach diese endlosen Beweisaufnahmen, Ermittlungen und Berichte!" Kommissar Kurt war unnachsichtig,

nachdem er den halben Tag lang im Pyjama mit Tomaten und anderen Dingen beworfen wurde.

"Wieso denken Sie nicht, dass jemand anderes die Leiche einfach in meinem Garten abgelegt hat?" Ein letzter Hoffnungsschimmer, noch vor dem Abend aus der Polizeiwache herauszukommen und somit die Chance, den Mörder zu finden, glühte in Elisabeth auf.

"Wer? Dass nur ihre Spuren an der Leiche sind, beweist alles eindeutig. Oder soll eine Hexe alles so arrangiert haben?" Der Kommissar lachte trocken, so wie auch sein Kollege.

"Ja! Ich bin eine Hexe! So wie auch die Frau, die ich umbringen wollte. Doch nun wird sie innerhalb von zehn Tagen auferstehen und an jedem Rache nehmen, der nach ihrem Tod in ihrer Nähe war!" Diesen Scherz konnte sich Elisabeth nicht verkneifen.

Der junge Kollege von Kommissar Kurt war schon davongeeilt, bevor der Kommissar ihn aufhalten konnte. Einer Mörderin glaubte der junge Polizist jede gruselige Geschichte, wenn auch nur für einige Momente. Elisabeth kicherte erst, dann lachte sie aus voller Seele. Sie hätte niemals geglaubt, dass jemand ihr ihre Scherze abkaufen würde, erst recht kein Polizist.

"Das ist nicht witzig!" Der Kommissar stürmte davon, um seinen Kollegen vor der größten Blamage seines Lebens abzuhalten.

Elisabeth konnte es wirklich nicht fassen. Doch trotz allem durfte sie nicht den Ernst der Lage vergessen. Sie holte den Zettel aus ihrer Manteltasche. Diese kleine Rose über dem `I´. Wo hatte sie die schon gesehen? Es fiel ihr partout nicht ein.

Sollte sie den Zettel abgeben? Doch was würde es bringen? Die Polizei würde nur denken, dass sie selbst den Zettel geschrieben hatte, damit war sie dann ihre größte, eigene Spur los. Nein, sie musste ihn unbedingt behalten. Doch leider konnte sie nicht ermitteln, solange sie hier festsaß. Doch wie würde sie hier herauskommen? Einfach davonrennen? Nein, das würde ihre Chancen nur verringern. Doch nichts tun kam auch nicht infrage. Elisabeth stützte ihren Kopf auf den Händen ab und blickte nach vorne, während der Kommissar schon auf dem Weg zurück in das Verhörzimmer war.
"Beamtenbeleidigung, jawohl! Das ist unerhört, was sie tun!" Sein Gesicht lief rot an und sie konnte sich ein Grinsen nicht mehr unterdrücken.
"Ich dachte wirklich nicht, dass sie das glauben, was ich sage. Tut mir leid." Sie gab sich die größte Mühe, schuldbewusst zu wirken, doch es funktionierte nicht so recht. Der Kommissar seufzte. Sein einziges Ziel war, diesen Fall so schnell wie nur möglich abzuschließen, doch diese sture, junge Frau machte ihm nun einen Strich durch die Rechnung. Nun kam auch sein Kollege wieder. Beschämt wagte dieser nicht einmal, seinen Kopf zu heben.
"Ich bitte Sie doch nur, dass Sie einfach gestehen! So schwer kann das doch nicht sein."
"Und ich bitte sie nur zu verstehen, dass ich niemanden umgebracht habe. Punkt. Aus. Ende." Viele Menschen hätten sich nicht erlaubt, so mit der Polizei zu reden, aber da sie schon einige Male bei ihm und seiner Tochter, ihrer besten Freundin, zu Abend gegessen hatte, gab sie sich nicht mehr so viel Mühe, vorsichtig das

richtige Argument zu finden. Dass sie wie eine richtige Verdächtige behandelt wurde, störte sie massiv.

Plötzlich klingelte sein Telefon und nachdem es nach wenigen Sekunden immer noch nicht aufhörte, entschloss Kommissar Kurt sich, heranzugehen. "Melanie? Was ist los? Ja, ich bin auf der Arbeit und habe absolut keine Zeit, mit dir zu reden. Ja, ein Mordfall. Ja, nach über zwanzig ruhigen Jahren in der Stadt." Aufmerksam lauschte Elisabeth. Wieso hatte Melanie bloß angerufen?

"Nein, wir verhören sie gerade. Nein, das ist nicht möglich. Natürlich ist sie die Mörderin! Aber ..." Das Telefon piepte und er schmiss es wütend auf den Tisch. Sein Blick wanderte gehetzt zu der Uhr.

"Also ... gestehen Sie nun endlich oder nicht?"

"Nein!" Elisabeth dachte nicht im Geringsten daran, einfach nachzugeben. Irgendetwas musste Melanie mit ihm besprochen haben und sie würde mit ihrem Leben darauf wetten, dass es dabei über sie ging.

"Dann gebe ich Ihnen noch neun Minuten Zeit. Dann ... dann bringen wir Sie in die Folterkammer." Er sah noch einmal prüfend zum Mikro herüber, das jedoch immer noch abgeschaltet war. Glaubwürdig klang er dennoch nicht.

"Sie haben hier keine Folterkammer, sondern nur zwei Verhörzimmer, ein Vorzimmer, ein paar Räume für die Angestellten und die Toilette. Erinnern Sie sich etwa nicht, dass sie mich und Melanie nach der Schule so oft hierher gebracht haben, bis meine Mutter kam und mich nachhause gebracht hat? Ich kenne mich also blendend aus", meinte Elisabeth triumphierend.

Nervös kratzte sich der Kommissar am Kopf. Wie sollte er sie doch noch zu einem Geständnis bringen? Doch das musste er irgendwie. Nach etlichen Minuten des Schweigens brach Elisabeth die Stille: "Was wollte Melanie denn von Ihnen?"

Er blickte wieder zur Uhr an der Wand. "Sie kommt in wenigen Minuten, besser Sie machen sich schon auf den Weg nach draußen. Solange Sie kein Geständnis ablegen, hat es sowieso keinen Sinn, Sie hierzubehalten, noch dazu ohne eindeutige Beweise."

Leise seufzte er. Wieso konnte Elisabeth nicht einfach alles gestehen, er damit den Fall zu den Akten legen? Es würde alles doch nur vereinfachen. Aber nein, natürlich musste auch noch seine Tochter darauf bestehen, sie freizulassen. Gedankenverloren bemerkte er, wie seine Hauptverdächtige aus der Tür spazierte, als wäre sie nur zu einer Routinebefragung gekommen.

Elisabeth währenddessen war auf dem Weg nach draußen, jedoch nicht halb so ruhig, wie sie vorgab. Wieso hielt man sie für eine Mörderin? Woher wusste Melanie, dass sie in der Polizeiwache war? Und wieso hatte Melanie sie herausgeholt? Soweit sie wusste, war niemals Verlass auf Melanie gewesen, sie kam immer zu spät, oder überhaupt nicht. Also wieso jetzt? Doch das alles waren längst nicht ihre größten Probleme, nein, ihr größtes Problem war immer noch die Suche nach dem Mörder.

"Stimmt was nicht?" Melanie war so fröhlich wie immer.

"Außer dass ich in der letzten Stunde eine Leiche in meinem Garten fand, mit Lebensmitteln beworfen wurde, des Mordes bezichtigt wurde und nun in mei-

nem Mantel mit rosa Plüschschuhen durch den Flur einer Polizeiwache spaziere, stimmt alles", wurde sarkastisch erwidert.
"Die Plüschschuhe sind wirklich ein Problem. Du solltest dir neue in violett besorgen, diese Farbe würde dir viel besser stehen."
Fassungslos starrte Elisabeth Melanie an. Von allem, was sie erwähnt hatte, waren nur die Plüschschuhe ein Problem? Und das nur, weil die Farbe nicht mehr so besonders zu ihr passte? Sie kannte wirklich nur eine Person, die bei einem Mord noch an das Aussehen kannte und fragte sich manchmal, wie ihr Vater ein Polizist wurde und ihre Mutter die Universität absolviert haben konnte.
"Fahren wir?"
"Aber gerne." Das seltsame Lächeln von Melanie bemerkte Elisabeth nicht mehr, als sie eingestiegen war, sowie auch das Funkeln in ihren Augen.

Kapitel 3 – Hass

Elisabeth schloss entsetzt die Augen. Die ganze Nacht hatte sie Angst davor gehabt, am nächsten Morgen hinauszugehen und das zu Recht. So fokussiert sie auf den Boden gewesen war, hatte sie beinahe vergessen nach oben zu schauen. Vor Schreck hatte sie aufgeschrien. Eine Sekunde hatte gereicht und ihr wurde übel, ihre Beine begannen zu zittern und ihre Gedanken in einen Strudel zu versinken.
Knapp über ihrem Kopf hing eine Leiche, die sie so in Angst und Schrecken versetzt hatte.

Wer konnte so etwas nur tun? Kein vernünftiger Mensch, so viel war schon mal klar. Doch gab es noch vernünftige Menschen? Wie weit würde dieser wahnsinnige Killer noch gehen? Was ist zu tun? Ihre nicht enden vollenden Gedanken kreisten um sie herum und schlossen sie in sich ein.

Wieder schwenkte ihr Blick zu der baumelnden Person, die wie ein Windspiel da hing. Wie bekam sie bloß diesen Menschen von ihrem Baum gehoben, ohne dieses Mal wieder verdächtigt zu werden?

Zur Polizei gehen oder zuhause bleiben? Eins war schlimmer als das andere. Doch was war wohl das Schlimmste? Wieder sah sie nach oben. "Hilfe!" Ihre Stimme durchquerte die halbe Stadt, so kam es, dass sich fast alle aus der Nachbarschaft innerhalb von Minuten vor dem Tor ansammelten. Diesmal würde sie nicht so tun, als wäre nichts geschehen. Wozu denn? War es etwa nicht schlimm genug, dass eine Leiche von ihrem Baum herunterhang? Nein, hoffentlich würde so alles besser laufen.

Als die ersten Menschen ankamen, sah sie den zornigen Ausdruck in ihren Gesichtern. Was stimmte mit ihnen nicht? Wieso waren sie so wütend auf sie? Die Leiche hing immerhin in ihrem Garten! Sie hatte doch nach Hilfe geschrien! Sie kannten sie doch!

"Mörderin!" Eine Frau wagte sich nach vorne und begann, Tomaten nach Elisabeth zu werfen.

"Sie werden uns alle töten! Einen nach den anderen. Und das sollen wir zulassen?" Hilflos sah Elisabeth sich um, während Gegenstände auf sie niederieselten. Doch keiner dieser Dinge bereitete ihr einen solchen Schmerz, wie ihr Herz es tat. Wieso glaubten ihre Be-

kannte ihr nicht? Wieso hielten sie alle für eine Mörderin? Wieso tat nur jemand so etwas Grausames, wie zwei Leichen vor einer fremden Haustür ablegen? Wer war bitte dieser wahnsinnige Killer?
Die ersten Menschen begannen über den Zaun zu klettern, während der wenig dekorative Baumschmuck im Wind hin- und her baumelte. Mit erst vorsichtigen, dann immer schnelleren und festeren Schritten lief sie nach hinten. Wie hatte es jemals so weit kommen können, dass sie fortlaufen musste? Was ist denn passiert? Immer noch gab es so viele Rätsel.
Ihre dünnen Schuhe klapperten auf dem Asphalt während sie durch die Straßen lief. Erst jetzt spürte sie die Kälte, die davor kaum anmerkbar war. Wo war bloß dieser verdammte Polizist? Des Mordes beschuldigen, ja, das konnte er. Aber ihr helfen? Nein! Wo sollte sie denn hin? In diesem Augenblick wurde ihr klar, dass selbst eine Zelle besser Aussichten für sie hatte, als ihren Nachbarn zu begegnen. Sogar das Schlimmste war zum Besten geworden ... also wie sollte es nun weitergehen?
Elisabeths Blick wanderte durch die leeren Straßen. Kaum ein Geräusch war zu vernehmen. Vermutlich krempelten ihre Nachbarn gerade das gesamte Haus um. Plötzlich ertönte die Hupe eines stehenden Autos und sie schnellte herum.
"Wer ist da?" Panik kam in ihr auf. Wer war das bloß? In dieser Stadt konnte es dabei kaum eine gute Variante geben.
"Elisabeth! Erkennst du deine beste Freundin nicht mehr?" Melanie stieg aus dem Auto.
"Du musst wohl länger hier gewartet haben."

"Oh nein! Ich muss wohl kurz nach dem Einparken eingenickt sei." Eigentlich war diese Straße kaum befahren – und der einzige Weg von ihrem Haus, wenn man nicht durch das Gartentor ging. Was machte Melanie also hier? Dass sie einfach hier eingeschlafen war, glaubte Elisabeth ihr nicht. Aber vielleicht wusste ihr Vater von dieser Aktion vor dem Zaun und hatte sie deshalb hier hin geschickt. Ja, so musste es geschehen sein. Mit großer Mühe versuchte sie, eine plausible Erklärung zu finden.

Lange Zeit danach schwiegen beide, doch Elisabeth bemerkte das kleine Funkeln in Melanies Augen nicht. Das Funkeln, das sie nicht einordnen konnte. Was es wohl damit auf sich hatte? Was gab es, das Melanie ihr verschwieg?

"Und, was machst du?" Melanie versuchte, das Gespräch wieder aufleben zu lassen.

"Vor meinen Nachbarn und dem wenig dekorativen Baumschmuck davonrennen."

"Baumschmuck?"

"Die neuste Leiche in meinem Garten. Das wird wohl auch nicht die letzte bleiben." Elisabeth seufzte.

"Noch lange nicht die letzte." Melanies Kommentar machte sie stutzig. Woher konnte sie das wissen? Bestimmt war alles nur eine Ahnung.

"Vielleicht kann ich aber bald zu meinem Haus zurückkehren."

"Ja vielleicht. Tschüss!", verabschiedete sich Melanie. Es herrschte eine Stimmung zwischen den beiden, die es noch nie gab. Nachdenklich blickte Elisabeth ihr nach. Was war wohl mit ihr los? Normalerweise war Melanie nicht so rätselhaft. Aber sie machte sich keine weiteren Gedanken darüber.

Nachdem sie ein wenig durch die Straßen marschiert war, kehrte sie der Nachbarschaft, vor der sie sich verstecken wollte, den Rücken und ging nachhause. Niemand war mehr vor dem Haus zu sehen und die Leiche war schon weg. Hauptsache, sie hatte endlich ihre Ruhe. Sie schloss die Tür hinter sich und atmete tief ein, kurz bevor sie in Tränen ausbrach.

Kapitel 4 – Böse Überraschung

Vorsichtig schlich Elisabeth vom Bett zu ihrem Nachttisch. Zwölf Uhr. Eigentlich Zeit, um aufzustehen, doch sie wollte weder Gäste, die vor ihrer Tür lagen, noch welche, die vom Baum herunterbaumelten. Trotz allem blickte sie kurz aus dem Fenster.

Niemand. Kein einziger Mensch in Sichtweite. Und doch überall Dunkelheit. Dunkel? Sie blickte wieder auf die Taschenuhr. Zwölf. Vielleicht Vierundzwanzig? Nein, es wurde langsam hell. Sie hob die Taschenuhr hoch und drehte sie, der Zeiger raste sofort in die andere Richtung. Was zur Hölle war denn los?

Etwas sauste an ihrem Knöchel vorbei und sie wollte krampfhaft die Nachttischlampe anschalten. Nachdem sie mehrere Minuten lang panisch auf den kleinen Knopf drückte, wurde es ihr klar. Jemand hatte den Strom abgestellt.

Ein harter Gegenstand knallte ihr auf die Füße und sie schrie. Mit großer Mühe, da sie sich nun nicht bewegen konnte, suchte sie nach der Taschenlampe unter ihrem Bett. Was war bloß los? Und was hatte das alles hier mit den Morden zu tun? Denn eins war sicher, es hatte etwas damit zu tun.

Nach dem sie den kleinen Lichtschein zum Leben erweckt hatte, sah sie nach unten. Hoffnungslos, so schnell würde sie nicht freikommen. Der Mettalschrank lag quer auf ihren Füßen und egal, wie sehr sie ruckelte, sie bekam ihn nicht einen Zentimeter hochgehoben.

Danach sah sie sich im Zimmer um. Verwüstung war durch den ganzen Raum verteilt. Sie fragte sich, wie jemand ihren großen Metallschrank und ihren Metalltisch ans andere Ende des Raumes ziehen konnte.

Plötzlich klapperten Schritte auf der Treppe. Wer war das wohl? Jemand, der in der Nacht durch ihr Haus spazierte, konnte niemand sein, der Gutes wollte.

Panik stieg in ihr hoch und sie wollte sich irgendwo verstecken, doch ihre Füße bewegten sich nicht einen Millimeter.

Die oberste Stufe quietschte und Elisabeth Blick flog panisch durch den Raum bis zur Tür. Zu weit, um sie festzuhalten. Zu nah, um sicher zu sein. Kein Versteck in Sicht. Panik kam in ihr auf. Sie wollte nur noch aufwachen.

Die Klinke bewegte sich im seichten Licht der Taschenlampe nach unten. Das Scharnier knarrte. Da hatte sie eine Idee.

Elisabeth warf sich ganzer Kraft nach vorne. Nun knarrte das Scharnier vergebens, die Tür öffnete sich nicht. Das Bett blockiert den Eingang. Endlich! Eine kleine Rettung! Doch was sollte sie nun tun? Sie kam immer noch nicht unter dem Schrank weg.

Mit Leibeskräften zerrte sie noch einmal, doch schon wieder ohne Ergebnis. Vorsichtig beugte sie sich nach vorne, während sie gleichzeitig auf die Tür aufpasste. Würde die Tür sich öffnen? Was würde dann geschehen? Sie erwischte das Handy vor ihr und rückte wahllos auf die Tasten.

Ein leises Fluchen ertönte vor der Tür. Woher kannte sie diese Stimme bloß? Dann knarrte die Treppe wieder und die Haustür fiel ins Schloss.

"Hallo? Ist da wer? Hallo?", tönte es aus ihren Handy und schnell legte sie auf. Normalerweise mochte sie es nicht, zu nachtschlafender Zeit fremde Leute anzurufen, doch diesmal gab es keine andere Lösung. Doch wen sollte sie nun anrufen? Wer würde ihr in dieser kleinen Misere noch helfen?

Ihre Gedanken schweiften zu der Person um, die dieses Chaos hier angerichtet hatte. Es wurde ihr einfach nicht klar, wie jemand solch etwas machen konnte. Sowohl wie man die Möbel in einem Raum bewegen konnte, ohne im Raum zu sein, als auch wie man einfach morden konnte. Diese fremde Person, bei der sie mittlerweile Zweifel bekam, ob diese auch so fremd war, scheute vor nichts zurück, um ihre Ziele zu erreichen. Sie war zu allem fähig, doch wie weit würde Elisabeth gehen, um ihre Unschuld zu beweisen? Die Raffinesse des Mörders bewies, dass nur derjenige gewinnen konnte, der rücksichtslos alles gab. War Elisabeth aber wirklich bereit dazu?

Elisabeth war nun in einem Albtraum gefangen aus Mord, Verzweiflung und fehlendem Vertrauen. Und doch würde das Ende schlimmer sein als alles, was sie bisher erlebt hatte ...

Kapitel 5 – Zettel

Elisabeth wachte auf und ihr Schädel dröhnte. Stundenlang hatte sie hin und her überlegt, wen sie hätte anrufen können, doch es fiel ihr niemand ein. So lag sie nun, halb aufgerichtet, quer auf dem Fußboden. Nicht gerade der bequemste Platz, aber sicherlich besser als eine Attacke ihrer Nachbarn.

Vorsichtig drehte sie sich etwas und zog an ihrem Fuß. Der Schrank war schon etwas Mit einem heftigen Ruck kam sie endlich frei und der Schrank fiel mit einem ohrenbetäubenden Krach auf den Fußboden. In der Nacht musste er sich wohl etwas gelockert haben. Mit einem schmerzverzerrten Gesicht rieb sie sich den Knöchel. Von einem Albtraum war sie nun in die Realität gestoßen, die leider nicht ein wenig besser war.

Nachdem sie sich aufgerichtet hatte, humpelte sie bis zur Tür und befreite diese von ihrem Bett. Was wollte der Mörder gestern bloß hier? Sollte sie etwa die letzte in der Mordreihe sein? Ein kalter Schauer jagte ihr über den Rücken.

Am Ende der Treppe, die sie nur mit Mühe hinter sich bringen konnte, fand sie ein Stück Papier vor sich.

"Du bist zum Mord bestimmt. Du weißt es, Elisabeth."

Immer noch fragte sie sich, wer diese Handschrift mit der Rose über dem "I" hatte, denn bisher hatte sie so etwas nur einmal gesehen, ohne zu wissen, bei wem. Diese kleine Rose, woher sie auch immer kam, war nicht das, was Elisabeth gerne sehen wollte. Voller Wut zerknüllte sie den Zettel und warf ihn weit weg von sich. Was hatte es mit diesen Nachrichten auf sich?

Wieso machte sich ein Mörder mit solchen Kleinigkeiten solch eine große Mühe? Gedankenverloren trat sie in die Küche ein. Als ihr Blick hochwanderte, erbleichte sie. Wieder dieselben Worte, diesmal in rot auf der Wand. Es würde Stunden dauern, sie zu entfernen! Dann trat sie näher und sah sich die Farbe genauer an.
"Lippenstift. Burgunderrot", meinte sie verwirrt. Sie kannte die Farbe nur deshalb so gut, weil Melanie schon seit Jahren damit durch die Gegend lief. Unbedingt musste Elisabeth sie fragen, wer außer ihr noch diese Farbe trug. Dann war es aber eine Mörderin? Oder waren es gar zwei? Burgunderrot. Wer fiel ihr sonst noch ein, der diese Farbe mochte?
Anschließend machte sie sich auf den Weg in die Küche, um zu sehen, ob noch irgendwo im Haus solch eine Unordnung wie in ihrem Zimmer herrschte. Die Küche war blitzeblank, nur ein riesengroßer Felsen aus Metall, oder was auch immer das war, stand mitten im Weg. Von allen Seiten begutachtete sie das seltsame Ding, bis sie näherkam.
"Verdammt!" Ihre Halskette klebte förmlich an dem Ding auf dem Flur. Sie zerrte, doch es brachte nichts. Ein Magnet! Natürlich! Damit hatte der Mörder wohl auch ihren Schrank bewegen können. Doch in der Eile hatte er oder sie sicherlich nicht diesen Magneten mitnehmen können. Wie sollte man aber auch dieses mehrere Kilogramm schwere Ding die Straße hinunterziehen? Immer mehr verfestigte sich die Theorie, dass es zwei waren. Zwei Komplizen mit nur einem Ziel. Sie als Mörderin dastehen zu lassen. Doch wer hatte etwas davon? So wütend wie sie war, hätte sie am liebsten gegen den Magneten getreten, doch auf einem Fuß

konnte sie gerade nicht stehen. So begnügte sie sich damit, wüst vor sich hin zu schimpfen. Ihr gutes Benehmen konnte auch einmal eine kleine Pause machen. Erst diese Zettel, dann die Leichen und nun dieser riesige Magnet. Es behagte ihr gar nicht, dass jemand Fremdes in ihrem Haus herumspazierte und alles tat, was er nur wollte. Das musste aufhören!

Elisabeth hockte sich neben den Magneten auf den Boden. Wie würde sie nur jemals aus allem herauskommen? Wie? Denn jetzt gab es noch keinen sichtbaren Ausweg. Und jede Spur würde nur weiter in die Hölle der Verwirrung führen.

Kapitel 6 – Attacken

Mörderin!"
Das Fenster splitterte. Elisabeth duckte sich. Nicht schon wieder! Immer mehr Scheiben zerbrachen und mehr Schritte waren im Haus zu hören. Jetzt kamen sie also auch noch herein! Elisabeth sah sich im Raum um. Die Tür konnte sie nicht lange genug verstellen, um die Nachbarn fernzuhalten und eine Leiter stieß schon gegen das Fensterbrett. Wieso waren alle von ihrer Schuld überzeugt? Wieso hassten alle sie so sehr? Sie hatte sie niemals zuvor auch nur verärgert. Etwas knallte gegen die Tür. Elisabeth blickte sich im Raum um, doch kein Versteck schien groß genug. Nichts, was sie vor den Verrückten vorm Fenster hätte beschützen können.

"Wir wissen, dass Sie da sind!" Die Stimmen, die nun alle im Chor brüllten, waren beängstigend. Wie sollte sie so jemals ihre Unschuld beweisen?
Plötzlich fiel ihr etwas ein. Es war kein sicherer Plan, nur eine Idee, doch trotzdem ihre einzige Chance halbwegs unverletzt aus diesem Zimmer herauszukommen. Vielleicht sogar ihre einzige Chance, zu überleben. Die ersten Nachbarn stürmten in ihr Zimmer. Kissen flogen durch die Unordnung, Stühle wurden umgestoßen, einige stolperten über den großen, umgekippten Schrank inmitten des Raumes.
"Wo ist sie? Wir müssen sie finden! Sie wird uns sonst umbringen. Dieses Monster!" Verschiedene wutentbrannte Rufe schnellten durch den Raum.
Elisabeth atmete flach. Das bloß niemand sie hinter der Tür entdeckte. Es war riskant, aber hoffentlich würd es funktionieren. Die Nachbarn wandten sich von der Wand neben der Tür ab. Elisabeth nutzte die Chance und lief schnell um die Tür herum zum Ausgang. Ihr hektischer Blick wanderte die Treppe hinunter. Noch mehr Menschen. Wie sollte sie hier nur jemals herauskommen?
Das Küchenfenster! Natürlich! Es war groß genug, jedenfalls hoffte Elisabeth das. Sie machte eine Kehrtwendung und rannte, so schnell sie nur konnte, in die Küche. Immer noch prangten die roten Buchstaben dort. Waren diese Grund für die feste Überzeugung ihrer Nachbarn, dass sie eine Mörderin ist? Darum konnte sie sich aber später kümmern.
Gehetzt drückte sie sich am Fensterbrett hoch. Die Nachbarn waren nur wenige Schritte hinter ihr. Sie musste es durch die dicke Fensterscheibe schaffen, sie

musste es! Sie wollte sich nicht vorstellen, was sonst alles passieren könnte.

Mit einem lauten Krach zerbrach die Fensterscheibe und Elisabeth fiel in den Garten. Nur wenige Sekunden nach ihren Aufprall rannte die wütende Meute ihr hinterher. Einige kamen schon zur Haustür hinaus.

Renn, Elisabeth, renn! Sie konzentrierte sich nur noch aufs Laufen. Ihre Schritte hämmerten über den Asphalt, ihr Atem wurde schneller. Es ging um Leben und Tod. Nach einer langen Zeit blickte sie zum ersten Mal hinter sich. Alle waren verschwunden, sie war allein. Sie blieb stehen und atmete tief ein. Ihr Herz raste, sie bekam kaum Luft. Aber sie hatte es geschafft.

Bis jetzt war sie noch allen größeren Katastrophen entronnen, doch was nun? Alleine würde sie nicht weit kommen. Doch wem sollte sie vertrauen? Es gab doch keinen mehr, der an sie glaubte, oder? Vorsichtig tippte sie eine Nummer in ihr Handy ein und hielt es ans Ohr.

Doch da bleib noch dieser Zettel und die Nachricht. Wer war der mysteriöse Schreiber und demnach der Mörder?

Kapitel 7 – Melanie

Das Kleid steht dir wunderbar!" Gequält blickte Elisabeth in Melanies Gesicht. Es gab nun schon zwei Mordfälle in der Stadt und ihre Freundin dachte nur daran, welches Kleid das schönste ist?

"Ich denke, es gibt wichtigere Dinge als nur Kleider und Hüte."
"Wichtigere?" Melanie zog die Augenbrauen hoch. "Ja, eigentlich sind die Schuhe wichtiger. Ohne passende Schuhe gibt es kein perfektes Outfit. Aber ich habe Schuhe für jede Gelegenheit! Ansonsten hättest du auch niemals so schön aussehen können. "
Melanies Haus war der reinste Modesalon. Kleider, Schuhe, Schminkutensilien, wo sie nur stehen konnten. So war auch ihr Kopf voller hübscher Kleidung und den neusten Trends. Etwas anderes machte ihr zu viel Mühe, dachte sich ihre Freundin.
Elisabeth blickte in den riesengroßen Spiegel. Ihr persönlich war alles zu extravagant, zu auffällig, aber laut Melanie sei es die perfekte Verkleidung. Teilweise stimmte es sogar, denn die wahre Elisabeth wäre niemals in so einem kurzen Tüchlein um die Taille und mit riesigem Rock durch die Gegend gerannt. Aber wenn sie nicht auf Melanie hörte, hätte sie keinen Platz mehr, an dem sie bleiben könnte. Ihr altes Haus konnte sie nicht mehr betreten und bis in die Großstadt, wo ihre Eltern jetzt wohnten, würde sie nie kommen.
Währenddessen kam Melanie zurück stolziert. "Rosa steht dir wirklich gut! Es wird fabelhaft aussehen!"
Elisabeth hingegen war skeptisch. "Aber ... Schleifen? Ich meine, ich bin keine Barbie, oder?"
"Natürlich bist du eine Barbie! Barbies sind schön, klug, talentiert, eben alles, was eine echte Dame sein muss! Mami meint, eine Barbie als Vorbild genügt und du bist das achte Weltwunder in Person!"
Nach diesen Worten warf Elisabeth all ihre Zweifel über Melanie zur Seite. Jemand, der sich eine Barbie als

Vorbild nahm und dessen größte Freude Schleifen waren, konnte doch nicht gefährlich sein. Nein, sie hatte sich grundlegend getäuscht. Schleifen und Barbies, das war die Melanie, wie sie sie von klein auf kannte. Nicht sonderlich intelligent, aber immer ein Püppchen.
Ein erneuter Blick in den Spiegel bestätigte ihre grausame Vermutung. Knappes rosa Oberteil, riesiger weißer Rock, einen halben Meter hohe Stöckelschuhe mit mehr Absatz als Schuh dran, rosa Handschuhe und dann das große Debüt. Eine Frisur aufgetürmt aus ihren Haaren, dutzenden von Perücken, rosaroten Schleifen und zuletzt sogar einem Blumentopf mitsamt Pflanze. Alles in allem war sie nun knappe zwei Meter groß, auch wenn sie sonst nur eins fünfundsiebzig war.
"Ist das alles nicht zu viel? Ich meine, die ganze Blume mit Topf im Haar?"
"Aber nein, immerhin gehen wir einkaufen, da muss man doch wunderschön aussehen!" Melanie nickte überschwänglich, um ihre Meinung zu untermauern.
"Gehen wir?"
Die ersten Schritte auf den Schuhen, die jeden Blick auf den Boden unmöglich machten, waren sehr wackelig, doch mit der Zeit stolzierte Elisabeth genauso hochmütig wie ihre Freundin herum. Es war eine Abwechslung nach allem; keine Morde, Beschuldigungen, sondern superhohe Schuhe und seltsame Frisuren.
Auf dem Treppenhaus kamen ihr viele Leute entgegen, kein einziger über ihren seltsamen Aufzug verwundert. Doch ein Gesicht erkannte sie; einer der Männer, die sie nur wenige Stunden zuvor in ihrem Haus ermorden wollten. Ihre Hände formten sich zu Fäusten, mit Kraft biss sie sich auf die Lippe, doch er nickte nur grüßend

und ging weiter nach oben. Er hatte sie wirklich nicht erkannt.
Nervös wickelte Elisabeth eine Schleife um ihr Handgelenk. War es wirklich die perfekte Verkleidung? Doch wieso sollte sie sich verkleiden? Wenn sie doch nichts getan hatte, wieso musste sie sich verstecken? War sie hier wirklich sicher? Die Gedanken wirbelten in ihrem Kopf herum. So viele Fragen, doch die wichtigste stellte sie sich schon lange nicht mehr, weil sie die Hoffnung aufgab, eine Antwort zu finden. Wer war der Mörder?

Kapitel 8 – Geisterhafte Erscheinung

Elisabeth sah grübelnd aus dem Fenster. Den ganzen Tag über war Melanie so wie immer gewesen. Keine seltsamen Vorkommnisse, keine abartigen Blicke. Wie konnte sie bloß jemals an ihr zweifeln?
Plötzlich gingen die Straßenlaternen auf der anderen Seite aus, kurz danach auch die auf ihrer Seite der Straße. Was war bloß los? Stromausfall? Nein, in den Fenstern leuchtete noch helles Licht. Aber wie konnte das sein?
Sollte Elisabeth nach unten gehen? Doch was, wenn einfach nur die Stromleitung etwas defekt war und die Zimmerlichter auch noch ausgehen würden. Hoffend blickte sie aus dem Fenster. Nun gingen auch die Lichter in Melanies Haus aus, doch in keinem der anderen. Seltsam, es schien so, als würde man nur versuchen,

dieses Haus der Straße in die vollkommene Finsternis zu setzen.

Was würde nun geschehen? Wer veranstaltete diesen Spuk? Und wo war bloß Melanie? Immer mehr Fragen bahnten sich in Elisabeths Kopf an.

"Hallo?" Vorsichtig drehte sich Elisabeth im Raum herum. Im seichten Schein der Lichter gegenüber sah sie die Umrisse der Möbel, die augenblicklich länger und gruseliger wirkten. Noch einmal drehte sie sich um. Ein langer Schatten stand ihr gegenüber. Sie wollte ihn von sich stoßen, doch er griff nach ihr.

"Hilfe!" Ihr Schrei war kaum zu überhören, auch wenn sie ihn zu dämpfen versuchte, damit nicht jeder die Straße hinunter sie hörte. Dann sah sie genauer hin und atmete aus. Ein Spiegel. Ein blöder Spiegel, welcher ihr doch solche Angst einjagte.

Immer noch keuchend drückte sie sich gegen die Wand und wartete. Wieso kam Melanie nicht? Sie waren doch Freunde! Sie musste einfach kommen! Wieso kam sie nicht? Plötzlich ertönte eine laute Musik. Klassik. Schwanensee. Sie liebte diese Musik. Nur nicht, wenn sie gerade in einem dunklen Raum mit tausenden Spiegeln festsaß.

"Hallo?" Nun war selbst ihr Schreien nicht mehr zu vernehmen. Alles schien ausweglos. Sie musste hier raus!

Vorsichtig ging sie an den Wänden entlang. Im Raum schien es tausende Türen zu geben, doch sie musste die richtige finden. Gegen einen Spiegel zu rennen würde nur noch mehr Zeit kosten.

Da spürte sie die Klinke unter ihren Finger. Mit ganzer Kraft warf sie sich gegen die Tür, doch sie schien nicht aufzugehen. Die Tür war verschlossen! Sie würde hier drinnen sterben!

Eine Person in schwarz gekleidet trat plötzlich durch die Wand. Sie fühlte sich, wie in einem Theaterstück gefangen. Die Musik, das fehlende Licht, alles konnte einfach nicht wahr sein! Alles musste ein Scherz sein!

"Verschwinden Sie!" Angst wandelte sich in Zorn um, den sie gegen die erschienene Person richtete. "Gehen Sie!"

Es konnte keiner ihrer Nachbarn sein, diese hätten sie sicherlich schon angegriffen, doch es konnte niemand Fremdes sein, dafür war dieses Spektakel viel zu gut vorbereitet. Wer war es?

Die Musik wurde immer lauter, die Wände erbeten. Alle Spiegel spiegelten den geisterhaften Schatten in ihrem Zimmer wieder. Immer mehr Panik brodelte in ihr auf. Wo war bloß der Ausweg? Und wo war Melanie? Sie war doch ihre Freundin! Wieso kam sie nicht?

Immer stärker drückte Elisabeth ihren Kopf gegen die Wand, auch wenn er schon wehtat. Die Person kam immer näher und näher. Nirgendwo eine Fluchtmöglichkeit. Wo war bloß Melanie?

Die Musik ging aus und das Licht an. Das Stück war beendet. Plötzlich nahm die geheimnisvolle Person die Kapuze vom Kopf.

Kapitel 9 – Noch Ein Rätsel

"Melanie?" Elisabeths Augen weiteten sich. Ihre beste Freundin war diese mysteriöse Gestalt? Wie konnte das war sein? Hatte sie alles geträumt? Was war bloß los?
"Ist dir nicht gut?"
"Da war doch gerade noch die Musik und alles dunkel ..." Verwirrung spiegelte sich in Elisabeths Gesichtszügen wieder.
"Du musst wohl schlafgewandelt sein, Elisabeth. Hier war keine Musik und das Licht unten leuchtet schon seit Stunden. Ich bin nur wegen deinen Schreien hochgekommen." Melanie versuchte, beruhigend zu wirken. Vorsichtig brachte sie Elisabeth ins Bett und ging wieder nach unten.
So viele Gedanken schossen Elisabeth durch den Kopf. War alles nur ein Traum? Aber sie hatte nie schlafgewandelt! Hatte ihr Kopf ihr einen Streich gespielt? Aber das war unmöglich! Aber wie sollte sie sich dann die Musik und die plötzliche Dunkelheit erklären? Fantasierte sie nun auch? Wurde sie wahnsinnig? Das konnte nicht sein!
Ihr Kopf sank haltlos zur Seite. Wenn sie sich das schon einbildete, was könnte dann noch geschehen? Vielleicht hatte sie die beiden Leichen wirklich ermordet, nur konnte sich daran nicht erinnern. Vielleicht hatte sie sogar die Zettel und die Nachricht auf der Wand selbst geschrieben. Nein, das hatte sie nicht. Nie im Leben

hätte sie dieses seltsame "I" geschrieben. Selbst wenn alles möglich wäre, ihre seltsame krakelige Handschrift wäre nie zu so feinen Buchstaben in der Lage gewesen.

Wer hatte diese Nachricht geschrieben? Und wenn es nicht der Mörder war, wer dann? Und wieso denn? Woher kannte sie bloß diese Handschrift? Rätsel über Rätsel türmten sich vor ihr auf.

Mit einem kräftigen Ruck warf sie die Bettdecke zurück und setzte sich auf. Ja, sie brauchte einen Plan. Schnell holte sie einen Zettel aus der Schublade und knipste das Licht an. Im Hellen war es sowieso weniger gruselig.

In der Eile schrieb sie sich eine kleine Liste.

1. Taschenlampe besorgen

Besonders diesen Punkt nahm sie sehr ernst, denn auf solch einen Schock wie an diesem Abend wollte sie lieber sehen, was vor sich geht. Mit Taschenlampe wäre sie allem viel besser gewappnet gewesen.

2. Handschrift analysieren

Das würde sehr kompliziert werden, da sie weder die passenden Mittel, noch die passenden Schriftproben hatte, doch sie war dabei nicht mehr zu entmutigen. Wo ein Wille, da ein Weg.

3. Mörder finden

Doch wie sollte sie den Mörder finden, wenn sie nicht einmal wusste, wer die Toten waren? Und wie sollte sie die Identität der Toten herausbekommen? Ein Rätsel schien sich an das nächste zu heften. Rätsel über Rätsel und keine Lösung in Sicht.

4. Mörder einsperren lassen

Darin sah sie bisher die größte Herausforderung, da ihr niemand glauben würde, selbst wenn sie den Mörder schon gefunden hätte. Sie konnte sich weder auf die Polizei, noch auf die Bevölkerung todsicher verlassen.
5. Blumentopf im Haar loswerden
Das schien das Leichteste zu sein, wenn sie dann nicht einen anderen als Ersatz erhielte. Aber es war leider auch das kleinste Problem. Ja, die wahre Herausforderung lag darin, den Mörder zu finden und allen zu beweisen, dass er es war. Nur wusste sie nicht, wie sie es tun sollte. Doch irgendwie, irgendwann, irgendwo würde sich eine Chance bieten. Hoffentlich.
Der Plan für den nächsten Tag war fertig. Nun würde die Jagd nach dem Mörder beginnen. Und der Mörder würde diese Jagd verlieren, so hoffte Elisabeth. Doch würde sich diese Hoffnung auch verwirklichen? Oder würde sie wie so viele einfach untergehen?

Kapitel 10 – Undercover

Vorsichtig zupfte Elisabeth ihre Frisur zurecht und streckte den Rücken durch. Den blöden Blumentopf war sie zwar immer noch nicht losgeworden, dafür würde aber die Mördersuche losgehen.
Wer waren die Toten überhaupt? Das war wohl die wichtigste Frage von allen. Erika Sand, so hieß die Frau, soweit Melanie herausfinden konnte. Vor wenigen Monaten mit ihrer Familie in die Bahnstraße gezo-

gen und allen im Ort relativ unbekannt. Gerichtsvollzieherin von Beruf und wohl nicht sehr freundlich zu den Verkäuferinnen, wenn sie Schmuck und ähnliches ohne Steuer verkauften. Dies und jenes, was Melanie bei einem Plausch unter Damen so erfahren konnte. Doch nun galt es herauszufinden, wer sie wirklich war. Etwas nervös stöckelte Elisabeth die Straße hinunter. "Bahnstraße zehn", las sie vom Schild ab. Sie war hier richtig. Ihr vorsichtiges Klopfen ließ eine Person in der Küche aufzucken. Wer würde die Tür öffnen? Wieso war sie dort? Würde sie erkannt werden?
"Sie sind ...?" Derjenige, der geöffnet hatte, zog die Augenbrauen hoch.
Hilfesuchend blickte sich Elisabeth um, bis sie fand, was sie suchte.
"Die neue Köchin. Ich bin die vorübergehende Köchin, Herr Sand."
"Sie wissen aber, dass die Arbeit nur für kurze Zeit ist, bis wir umziehen, oder?" Mit einem leichten Nicken bedeutete er ihr, hereinzukommen.
"Natürlich."
"Und, wer sind sie?" Der Mann im mittleren Alter ließ sich auf einen Stuhl sinken. Übermüdet blickte er aus dem Fenster, während von oben Kindergeschrei erklang.
"Melanie. Melanie Kurt." Als sich selbst konnte sie sich schlecht vorstellen, aber ihre Freundin hätte sicherlich nichts dagegen.
"Wer ich bin, wissen Sie ja. Dann können sie anfangen. Bezahlung kennen Sie. Küche ist links." Mit großer

Mühe hob er sich hoch und schleifte sich aus dem Raum, kurz bevor er hinfiel.
"Geht es Ihnen gut?" Elisabeth beobachtete ihn argwöhnisch, doch er schien zu schlafen. Es musste wohl ein anstrengender Tag gewesen sein.
Leise ging sie in die Küche. Berge von Tellern und Tassen stapelten sich dort. Sollte sie wirklich die Köchin spielen? Doch wozu? Würde sie wirklich etwas finden? Noch einmal blickte sie zu dem Mann, der nun auf dem Boden lag. Dann ging sie mit großen Schritten nach oben. Wo wohl das Zimmer von Frau Sand lag? Würde sie dort etwas finden?
Schritte kamen näher. Sie drückte sich fest gegen die Wand. Schreiend rannten an ihr zwei Mädchen vorbei, ohne sie zu bemerken. Sie atmete tief aus. Weiter. Am Ende des Ganges erstreckte sich ein Raum vollkommen in rosa gestaltet. Den würde sie der etwas pummligen Frau in Sportsachen, wie sie sie vor ihrem Haus sah, nicht zutrauen. Weiter links schein ein größerer Raum zu liegen, doch dieser war abgeschlossen. Erst rüttelte sie leicht an der Tür, dann immer stärker, doch sie ging einfach nicht auf. Auf als sie mit der Schulter dagegen stieß, bewegte sich die Tür keinen Millimeter. Nachdenklich kehrte sie sich ihrer Arbeit zu. Nun war sie ganz sicher, dass es das Zimmer von Frau Sand sein musste. Doch wie sollte sie dort hineinkommen? Das war ihr immer noch ein Rätsel.
Während sie im Waschbecken die Teller schrubbte und danach ein paar Kartoffeln schälte, dachte sie pausenlos an das verschlossene Zimmer. Plötzlich kam ein

Plan in ihr auf. Mit etwas Mühe würde sie es herein schaffen. Doch was, wenn sie bemerkt werden würde? Dann war alles vorbei. Seufzend lehnte sie sich nach hinten. Es war die einzige Chance, ihre Unschuld zu beweisen.

Kapitel 11 – Gina

Vorsichtig schlich Elisabeth durch den Raum. Zuvor war sie durch das Fenster hineingekommen, glücklich darüber, dass sie in der Dunkelheit niemand entdeckt hatte. Sie hatte die Scheibe eingeschlagen und die Leiter, mit der sie hineingekommen war, stand noch draußen. Alle schienen tief und fest zu schlafen, denn außer ihren eigenen Schritten konnte sie nichts hören.
Elisabeth knipste die Tischlampe an und sah sich den Raum genauer an. Mehrere Stapel von Papieren türmten sich auf Frau Sands Schreibtisch, doch sie hatte keine Zeit, alle nach den Aktuellsten durchzusehen, also klappte sie den Computer auf und klickte sich durch die Emails im Posteingang.
Vermutlich gab es ein Problem mit einem wütenden Schuldner, Erika Sand war immerhin Gerichtsvollzieherin, was allgemein nicht der Beruf ist, der viele Freunde mit sich bringt.
Viele Namen offenbarten sich, als sie die Emails durchklickte, doch besonders zwei stachen ihr in Auge. Die Schrift war in Rot und sehr groß. Kein Betreff, nur ein

einziger Satz. "Sie sind zum Sterben bestimmt, Frau Sand. Sie wissen es." Zweimal dieselbe Nachricht.
Es war der beste Anhaltspunkt auf der Suche nach dem Mörder seit langem. Es würde ihr eine große Chance bieten, eine neue Spurensuche zu beginnen.
Gina Lehner war der Absender. Diesen Namen kannte sie nicht, doch der Spruch war dem, den Elisabeth bekommen hatte, zu ähnlich. Waren es vielleicht zwei? Die neue Spur bracht auch viele Verwirrungen mit sich. Schnell klappte sie den Computer zu und schrieb sich den einen Namen auf.
Gina Lehner. Wenn sie Gina finden würde, dann auch den Mörder. Endlich ein Name, endlich eine Spur. Es war ihre letzte Chance, diesem Rennen zu entkommen. Elisabeth ging zum Fenster hinüber, kletterte hinaus und hangelte sich an den Sprossen die Leiter hinunter.
"Mörderin!" Wieder ertönten diese Schreie. Gerade als sie auf dem Weg davon war. Mehrere Menschen auf den Straßen drehten sich nach ihr um. Erkannt haben konnten sie sie nicht, doch woher wussten sie sonst, dass sie es war?
"Das ist bestimmt ihre Komplizin!" Damit löste sich dieses kleine Rätsel auf. Sie wurde für die Komplizin gehalten. Nun würden alle nach zwei Menschen suchen, doch wenigstens hatte sie niemand wirklich erkannt.
Wie auffällig war es aber, wenn man gerade aus einem fremden Haus in einem so seltsamen Kleid herauskletterte? Ziemlich auffällig, dachte sich Elisabeth. Sie hob den Saum hoch und begann zu rennen.

Gina Lehner. Wer war sie und wieso wollte sie Elisabeth als Mörderin sehen?

Kapitel 12 – Nachhause

"Das kann doch nicht wahr sein!" Elisabeth warf erzürnt ihre Sachen aufs Bett. Sie konnte immer noch nicht fassen, dass ihre Freundin derart lügen konnte. Oder ihr etwas verheimlichen.
"Was kann ich dafür. Mein Haus habe ich an dich verkauft, wo sollte ich denn sonst wohnen?" Melanie sah sie trotzig an. Ihrer Meinung nach hatte sie nie etwas Unrechtes getan. Sie hatte nicht einmal richtig gelogen.
"Aber bei deinem Vater?" Elisabeth war entsetzt. Wie konnte ihre beste Freundin sie einfach mal im Haus vom Polizeikommissar übernachten lassen, der noch dazu gerade eine Ermittlung gegen sie führte? Eigentlich hätte es ihr einfallen müssen, immerhin waren die Kurts vor zwei Jahren in das riesige Haus gezogen. Wie sie sich es leisten konnte, hatte sich Elisabeth damals gefragt, da Melanie zu dem Zeitpunkt schon ihr eigenes Haus hatte. In den letzten Monaten schien es jedoch nicht so gut zu laufen, da Melanie ihr Haus an Elisabeth verkaufen musste.
"Ach, der pennt doch sowieso auf der Arbeit. Meistens jedenfalls. Dann gibt es auch keine Probleme."
Elisabeth raufte sich das Haar. Wie konnte Melanie nur so stur sein? Wieso konnte sie ihre Position nicht verstehen? "Auf jeden Fall kann ich hier nicht bleiben."

"Das ist nicht meine Angelegenheit."
Nervös sah sich Elisabeth um. Sie konnte es sich nicht leisten, entdeckt zu werden, weder vom Kommissar noch von den Menschen in der Stadt, bis ihre privaten Ermittlungen abgeschlossen waren. Doch ... wenn jeder nach ihr und ihren Komplizen außerhalb suchte, konnte sie doch wieder in ihr Haus zurück, oder? Ja, das war der perfekte Plan. Und die einzige Möglichkeit, die sich ihr bot. Leider ...
Seufzend sammelte sie ihre Sachen zusammen und packte alles in eine kleine Tasche. Eigentlich konnte sie auf Melanie nicht sauer sein, denn trotz allem hatte sie Recht. Es gab keinen völlig sicheren Platz für lange Zeit.
Auf dem Weg nachhause blickte sie mehrmals nach hinten. Folgte ihr jemand? Es kam ihr so vor, aber sie konnte nicht erkennen, wer es war. Wieso griff diese Person sie nicht an? Vieles verwunderte sie. Nach wenigen Minuten kam sie an und ging schnell hinein. Erschöpft lehnte sie sich gegen die Tür und blickte entsetzt in den Flur. Die Lampen waren von den Decken gerissen, die Fliesen waren zertrümmert, kaum ein Bild hing mehr an den Wänden. Ein Bild des Schreckens offenbarte sich nach und nach. Als sie nach oben ging, bemerkte sie, dass keiner der anderen Räume besser aussah, alles war zerstört worden. Das Haus sah aus, als wäre es jahrelang nicht bewohnt gewesen.
Wie konnte jemand nur eine solche Wut auf eine Person haben? Wie konnte der Hass in eine solche Zerstörung übergehen? Ihr Herz schmerzte, als sie ihr gelieb-

tes Heim anblickte. Das alles traf sie wie ein Messer, ohne dass sie etwas dagegen tun konnte. Am liebsten hätte sie alles aufgeräumt und wieder teilweise hergerichtet, bis ihr einfiel, dass man ihre Ankunft dann bemerken könnte. Sie musste alles so lassen, wie es war, auch so sehr es sie auch störte.

Leise ging sie nach oben. Mehrere Stufen der Treppe waren zerstört wurden. Wenn sie geblieben wäre, wäre ihr der Tod sicher. Ihre sonst so friedlichen Nachbarn hätten in ihrer Wut nicht einmal vor Mord zurückgeschreckt. Wie konnte sie nur in das alles hereingeraten? Wie konnten sich Menschen nur in so kurzer Zeit ändern? Und wer zur Hölle war bloß der Mörder? Fragen über Fragen und keine Antwort in Sicht. Doch die Suche nach Gina Lehner ging weiter. Aufgeben hieß der sichere Tod.

Kapitel 13 – Umgeben Von Hass

Es krachte und Elisabeth wachte auf.

"Wir müssen die Mörderin finden! Wir müssen sie ausräuchern! Die Mörderin und all ihre Komplizen werden sterben!" Applaus brannte auf. Die Freude der Zuhörer fand sich in ihrem Rufen der Zustimmung wieder. In Rufen des Hasses.

Elisabeth drückte sich vom Bett hoch und blickte aus dem Fenster. Kampfbegierig blickte die Menge zu einer Person, die man im Schatten des Hauses nicht erkennen konnte. Als jemand nach oben sah, warf sie sich schnell auf den Boden. Bloß nicht entdeckt werden! Es konnte ihr nicht passieren! Sie musste sich gut verstecken!

"Elisabeth Grandler ist eine Mörderin. Mörder haben hier den Tod verdient. Ist das klar?" Die eiskalte Stimme redete leise, doch verständlich. Verständlicher, als es sich Elisabeth jemals gewünscht hätte.

"Ja!" Alle waren entzückt. Sie war nun die angebliche Mörderin. Doch was war mit den Leuten, die sich nun zu ihrem Tod verschworen? Würden diese, sobald sie ihr Ziel erreichten, nicht auch Mörder sein? Dachten sie nicht daran?

Ihr Herz hämmerte gegen die Brust. Nein, keiner dachte an die Folgen. Jeder wollte nur noch eines: ihren Tod. Allein die Gesichter, die sie draußen erkannte, konnten jedem das Fürchten lehren. Die friedlichsten Menschen voller Hass. Grundlosem Hass. Doch wie sollte sie da alles erklären? Würde ihr jemals jemand glauben? Wenn ihr doch schon jetzt niemand glaubte ... Selbst in den Blicken der Leute war Wahn erkennbar. Dieser Wahn, der die Leute nicht zu Mördern, sondern zu Rächern machte. Sie dachten daran, etwas Gutes zu tun. Mord war für sie die einzige Erlösung der Stadt.

Die Tür quietschte leise und Elisabeth drückte sich unters Bett. Hoffentlich würden sie sie nicht finden ... Oh, wäre sie bloß bei Melanie geblieben! Selbst eine Verhaftung konnte nicht schlimmer sein als eine Minute lang diese Menschen in ihrem Haus aushalten zu müssen, ohne etwas dagegen tun zu können.

Papier riss, Beton brach, Glas splitterte. Sie fragte sich, wie man die Scherben ihres Hauses noch weiter zertrümmern konnte.
"Ins Schlafzimmer. Los!", ertönte ein Schrei von unten. Hoffentlich würden diese Meute sie nicht entdecken! Elisabeth rückte immer näher an die Wand, auch wenn sie schon kaum Platz zum Atmen hatte. Wie sollte sie es hier nur ertragen, bis alle weg waren? Doch sie musste es.
Mit Gewalt stürmten ihre Nachbarn in ihr Zimmer. Schränke wurden umgestoßen, Tische fielen in sich zusammen, selbst das Bett krachte, als jemand mit der Axt dagegen stieß. Nichts würde mehr von diesem Raum übrig bleiben. Trümmer erfüllten nicht nur ihr Haus, sondern auch ihr Leben. Alles schien in die Brüche zu gehen.
Vor Angst um ihr Leben bangend versuchte Elisabeth so wenig wie nur möglich zu atmen. Die Axt hätte sie fast ihrer Hand entledigt, doch sie musste sich einen Schrei unterdrücken. Diese Menschen schlugen blindlings um sich herum, aber sie wollte weder von einer Axt noch einem Messer getroffen werden. Stärker denn je drückte sie sich gegen die Wand. Die Angst durfte bloß nicht siegen. Sie musste es aushalten. Sonst ... Sie wollte nicht einmal an die Konsequenzen denken.
"Wir gehen. Wir werden sie aber noch finden. Wir finden sie bestimmt." Die eiskalte Stimme donnerte nur so durch den Raum.

Kapitel 14 – Kira

Als die Leute endlich verschwanden, ließ Elisabeth die Luft heraus, die sie davor anzuhalten versuchte. Vorsichtig rückte sie nach vorne. Waren wirklich alle nach unten gegangen? Wohin gingen sie nun?

"Wer ist da?" Die Person mit der eiskalten Stimme drehte sich um. Die schwarzen Pupillen wanderten durch den Raum. Kira! Elisabeth zuckte zusammen. Kira Schuhmacher.

Wie konnte ihre zweitbeste Freundin sie derart verraten? Es versetzte ihr einen Stich ins Herz. Sie drei waren doch immer beste Freunde. Elisabeth, Melanie und Kira. Wie viele Jahre dauerte ihre Freundschaft doch an und nichts hatte sie jemals trennen können.

Wieso war Kira überhaupt hier? Sie wollte doch wegfahren. Sie sollte doch nicht vor dem Hochsommer wiederkommen. Wenigstens Melanie hatte sie noch, auch wenn diese eine riesige Nervensäge ist.

"Kommen Sie sofort aus ihrem Versteck. Oder Ihnen droht der Tod."

Als ob er es nicht sowieso tat ... Elisabeth konnte nur hoffen und sich verstecken, damit ihre zweitbeste Freundin nicht zu ihrer Mörderin wurde. Wie lächerlich es doch klang, doch leider zur Wahrheit gehörte.

Kira schritt immer weiter in den Raum. Das Messer in ihrer Hand wirkte fast wie ein Spielzeug, wenn man ihre eisblauen Augen und ihr höhnisches Lächeln betrachtete. Wie konnte Elisabeth sich jahrelang nur in ihr irren? Dabei hatte sie es nicht. Von Anfang an war ihr bewusst, dass dieses Mädchen einmal gefährlich sein konnte, wenn sie mit Leichtigkeit über den Tod sprach. Wenn sie in Gedanken leben beendete und nur laut auflachte. Doch niemals hätte Elisabeth geahnt, dass es eines Tages sie treffen könnte.

Jemand oder etwas stieß hart gegen die Tür. Das Messer raste dicht an ihrem Kopf vorbei, als es scheppernd auf dem Boden landete.

"Verdammte Kartons!", schimpfte derjenige vor der Tür und Elisabeth konnte sich ein Lachen kaum verkneifen. Kira wandte sich ab und Elisabeth ergriff die Chance, sich wieder in hintere Ecke des Bettes zu drücken.

"Sie sollen vorsichtiger sein! Ich dachte, jemand sei im Raum. Und dabei machen Sie nur so einen Krach. Was ist denn?"

Die alten Kartons, die sie einfach in den Schrank gestopft hatte, hatten ihr eben das Leben gerettet. Wie erleichtert war sie. Ein paar alte Kartons mussten sie retten, weil sie keine Rettung von den Menschen erwarten konnte. Oder doch?

So viele Enttäuschungen an diesem Tag und eine Person weniger, auf die sie sich verlassen konnte. Wer würde wohl noch gegen sie sein? Kira war nun ihre Jägerin, auch wenn sie einmal ihre Freundin war. Wie konnte sich eine Freundschaft nur so sehr ändern?

Seufzend streckte sie sich ein wenig. Noch waren alle nicht weg, doch sie hoffte darauf. Hoffentlich war bald alles vorbei.

Kapitel 15 – Vertrauen?

Nervös kaute Elisabeth an ihren Fingernägeln. Diese blöde Angewohnheit war sie eigentlich schon seit Jahren los, nur nicht heute. Nach der Enttäuschung gestern wusste sie nicht, ob sie ihren Plan wirklich durchsetzen sollte, doch eine andere Chance hatte sie nicht.

Vertrauen. Nie hätte sie gedacht, dass dieses Wort in ihr so viele Zweifel auslösen würde. Was, wenn sie wieder falsch lag? Was, wenn dann alles umsonst war? Doch es gab keinen Ausweg. Nachdenklich klopfte sie an die Tür. Hoffentlich würde auch wirklich sie öffnen! Ihr Kopf wanderte zum Fenster. Ein Glück! Es war wirklich Melanie, die ihr nun öffnen würde.

"Was machst du denn hier? Ist dein Haus doch schon wieder belagert worden?" Sie war immer noch etwas beleidigt.

"Geplündert. Aber das macht jetzt nichts zur Sache. Darf ich hereinkommen?" Melanie ließ sie an sich vorbei und machte die Tür zu.

"Weißt du eigentlich, was mit Kira ist?" Elisabeth schluckte. Eigentlich wollte sie das nicht fragen, aber es war ihr einfach herausgerutscht.

"Kira? Die ist doch vor kurzem zurückgekommen. Hat sie dich etwa auch um Geld gebeten?" Elisabeth war verwirrt. Geld? Also wusste Melanie nichts von Kiras seltsamen Plan? Doch woher wusste sie, dass Kira zurück war?

"Also nein. Sie ist wohl pleite, weshalb sie ihren Urlaub abbrechen musste." Melanie zuckte gleichgültig mit den Schultern. Offenbar hielt sie es für eine normale Information, doch in Elisabeths Kopf drehte sich alles. Pleite. Schulden. Kira. Gerichtsvollzieher. Mails. Gina. Mord? Alles wirbelte umeinander. War vielleicht sogar Kira die Mörderin? Nein! Das konnte einfach nicht wahr sein! Es musste eine vernünftige Erklärung dafür geben! Doch wie oft hatte sie schon nach Erklärungen gesucht, wenn sie direkt vor ihr waren.

"Seit wann weißt du davon?" Obwohl sie nicht weiter reden wollte, drängte etwas in ihr nach einer Antwort.

"Zwei Wochen. Dann ist sie auch wieder zurückgekommen. Wieso fragst du?" Melanie war misstrauisch geworden. Diese Fragerunde gefiel ihr nicht sonderlich.

"Weißt du, dass sie zu denen gehört, die mein Haus geplündert haben?" Elisabeth war mittlerweile sauer. Zwei Wochen. Kurz bevor die Morde anfingen, nach der einmaligen Enttäuschung und den neuen Erkenntnissen war ihr Vertrauen in Kira verschwunden. Wie konnte sie sich nur so viel erlauben? Planten Melanie und sie vielleicht etwas zusammen? Das würde sich schnell herausstellen, wenn sie keine Unterstützung in ihr fand, bei dem neuen Plan.

"Kira? Niemals. Das kann einfach nicht möglich sein. Da musst du dich versehen haben." Sie setzte sich aufs Sofa und schlug die Beine übereinander.

"Ich habe sie aber erkannt! Du weißt, dass man sie nicht verwechseln kann!" Nun setzte sich auch Elisabeth. Ihre Beine taten schon weh vom ganzen Stehen, doch auch immer mehr Nervosität kam in ihr auf. Sie log doch nicht! Wieso glaubte Melanie ihr dann nicht? Tränen schossen ihr in die Augen.
"Verwechslungen geschehen häufig. Bist du also ganz sicher?"
"Ja, verdammt!" Die Tränen rollten aus ihren Augen und sie konnte sich kaum zurückhalten.
"Dann ist es wohl so. Ich hätte etwas mehr Stil von ihr erwartet. Aber sie war schließlich schon immer etwas seltsam. Man kann nicht viel von ihr erwarten, auch wenn es schade ist."
Elisabeth war sprachlos. Melanie traf es offenbar nicht so schwer wie sie. Aber sie war ja auch nicht in Todesgefahr. Schweigend saßen beide nebeneinander. Lange Zeit redete niemand, bis Elisabeth das Gespräch von neuem begann. Sie konnte trotz allem ihrem Plan nicht aufgeben. Sie musste ihn bis zum bitteren Ende durchführen, mit oder ohne Melanies Hilfe. Damit würde sich nur die Frage der Loyalität klären.
Leise erklärte sie ihr den Plan, damit Melanies Vater nicht zu früh etwas davon mitbekam. Melanie stimmte ihr in jedem Detail zu. Nachdem die Tür sich schloss und Elisabeth nachhause ging, war sie einerseits glücklich und anderseits beschämt. Sie konnte ihren Plan durchsetzen! Ohne die andere Seite hätte sie am liebsten laut gejubelt. Doch sie hatte Melanie misstraut, obwohl diese sie nun liebend gerne unterstützte. Wie

konnte sie nur? Sie fühlte sich schäbig. Dafür würde es nie eine Ausrede geben.

Kapitel 16 – Freundinnen

Elisabeth lehnte sich an die Wand. Ihr Herz hämmerte bis zu Hals. Hatte sie Recht oder hatte sie sich getäuscht? Würde ihr Plan aufgehen? Würde alles genauso funktionieren, wie sie es geplant hatte? Bald würde sie es wissen.
Kira sah sich um. Niemand war in Sichtweite. Ihr Telefon klingelte. Wer sollte sie bitte anrufen? Sie kannte doch kaum jemanden! Und wieso jetzt?
Elisabeth spannte sich an. Es wurde immer deutlicher. Nur eine oder zwei Minuten noch. Doch wenn sie sich irrte? Was dann?
Kira holte das kleine Telefon aus ihrer Tasche. Während sie über den Bildschirm wischte, tauchten hinter ihr große schwarze Schatten auf.
Wieso ging sie nicht heran? Elisabeth wunderte sich sehr. Es musste ihres sein! Es musste! Sie konnte sich nicht irren! Sie durfte sich nicht irren.
Sichtlich nervös und verwundert versuchte Kira das Handy anzuschalten. Endlich! Wieso musste dieses Gerät aber auch immer spinnen? Erleichtert wollte sie den Anruf annehmen, doch ...
Elisabeth zuckte zusammen, als die Schatten weiter vortraten. Hoffentlich würde ihr Plan nicht auffliegen! Hoffentlich irrte sie sich nicht! Hoffentlich ...

Kira nahm den Anruf an. "Hallo?"

Ja! Elisabeth jubelte innerlich. Sie hatte sich nicht geirrt! Alles ist so funktioniert, wie es sollte! Dieses 'Hallo' bedeutete viel mehr für Elisabeth, als nur eine Begrüßung. Es bedeutete die Freiheit. Es bedeutete, nicht mehr um ihr Leben zu fürchten.

Kira zuckte zusammen, als sie mehrere Hände von hinten ergriffen. Was geschah nur mit mir? Wer war das? Was wollten sie von ihr? Wieso stießen sie sie nun herum wie ein kleines Kind? Sie war kein Kind! Sie war kein solches Baby wie Elisabeth!

Innerliche Jubelschreie übertönten das qualvolle Gesicht Kiras, als sie auf den Boden gestoßen wurde. Elisabeth hatte es geschafft! Sie, die junge Studentin, auf die keiner hörte. Sie, die angebliche Mörderin! Sie, von der alle ihren Tod wünschten!

Kira knallte hart auf den Boden. Blut zierte die Stellen, an denen ihre Knie das kalte Gestein berührten. Was war nur los? Wer schlug sie dort zusammen? Verbissen versuchte sie sich hoch zu kämpfen.

Elisabeth hatte es geschafft! Sie und ihre allerbeste und nun einzige Freundin Melanie! Schon so lange nicht mehr konnte sie sich derart freuen!

Kira drehte sich wie eine Wilde auf dem Boden. Das konnte alles nicht passieren! Nicht ihr! Das konnte nicht wahr sein! Immer war sie diejenige, die schlug, doch nun schlug man sie! Es musste ein Albtraum sein!

Elisabeth drehte sich zu Melanie um und winkte fröhlich. Diese lächelte zurück. Alles war gewonnen! Der Kampf war zu Ende! Nun würde alles gut werden!

Kira drehte sich wütend zur Seite und erblickte Elisabeth. Ihr rosiges Gesicht wurde blass und die überlegenen Züge wichen dem Zorn. Sie wollte Elisabeth nicht sehen. Dieses dumme, kleine Kind mit dem herzerwärmenden Lächeln. Diese naiven Handlungen. Dieser Glaube an das Gute auf der Welt. Kira hatte immer nur Zorn in sich getragen. Sie hasste dieses Liebliche, das nun wieder erschien. Oh, alles hatte sich gelohnt, nur um einmal dieses zuckersüße Mädchen zum Weinen zu bringen, das alle so liebten.

Elisabeth sah ihr noch nach, bevor Kira davongetragen wurde. Sie war davon überzeugt, das richtige getan zu haben. Doch wie konnte eine Freundin sie so sehr hassen? Zum Glück hatte sie Melanie. Die verschrobene, manchmal sehr unhöfliche Melanie, die jedoch immer zu ihr gehalten hatte. So wie jetzt.

Kapitel 17 – Beweisaufnahmen

Und?" Elisabeths Stimme durchschnitt die Stille. Sie wollte wissen, was geschehen war. Es musste gut gegangen sein! Es musste einfach!

Melanies Gesicht war undurchschaubar wie immer. Doch die Erklärungen kamen auch fast von alleine bei Elisabeths Menge an Fragen.

"Haben sie Kira verhaftet?" Melanie machte sich auf der Parkbank bequem, während Elisabeth sie hoffnungsvoll anstarrte.

"Ja. Vater musste sie bei der Menge an Beweisstücken in Haft nehmen. Er scheint sich ziemlich zu schämen über seinen Irrtum."

Elisabeth wäre ihrer Freundin am liebsten um den Hals gefallen, doch ein warnender Blick hielt sie davon ab.

"War Kira wirklich Gina Lehner?" Eigentlich musste es so sein, wenn die Polizei sie doch festgenommen hatte.

"Natürlich. Die Polizei hat doch bei 'Gina' angerufen und Kira nahm den Anruf an." Für Melanie war es das Selbstverständlichste der Welt, während Elisabeth alles noch nicht einmal so recht begriff, auch wenn es ihr Plan war.

"Es war also ihr Handy?" Elisabeth fragte lieber noch einmal nach.

"Natürlich. Wer läuft den schon mit einem fremden Handy in der Tasche herum?"

"Niemand. Steckte sie in wirklich so großen Problemen?"

"Auch wenn du dich damit nicht auskennst, ja, Schulden sind große Probleme." Melanie war genervt. Wieso musste Elisabeth auch alles hundertmal hinterfragen?

"Wieso hat sie uns nicht gefragt? Ich meine, ich habe genug Geld, weil ich nicht viel ausgebe. Wir waren doch ihre Freundinnen!" So viel konnte Elisabeth nicht begreifen. Sie hätte gerne etwas abgegeben.

"Was weiß ich? Ich kann nicht in ihren Kopf hineinsehen. Und um ehrlich zu sein, nach ihrem Auftritt bei dem Verhör, würde ich nicht gerade darauf wetten, dass sie dich für eine gute Freundin hielt."

Falten bildeten sich auf Elisabeths Stirn. Was meinte Melanie bloß damit? Kira war doch nett! Außer, wenn sie ihr einen Mord unterjubelte. Oder ihr Haus umkrempelte. Oder sie gerade ermorden wollte. Elisabeth konnte sich nicht an den Gedanken gewöhnen, dass ihre Freundin eine Mörderin war.

"Vieles werden wir einfach nie verstehen. Kira ist eben Kira, das war sie schon immer. Freu dich, dass du nicht mehr im Visier der Polizei bist."

Elisabeth begann wieder zu strahlen. Endlich wieder ein normales Leben führen zu können! Nun würde alles vorbei sein! Dank ihrer Freundin, die die Polizei erst auf diese Spur gebracht hatte!

Überschwänglich umarmte sie Melanie, die verdattert dreinblickte. Ein Grund zum Feiern! Auch wenn sie nun eine Freundin weniger hatte. Aber einige Fragen spukten ihr noch durch den Kopf.

"Was wird nun aus Kira?" Elisabeth wollte diese Frage eigentlich nicht stellen, doch etwas in ihrem Inneren drängte sie dazu. Außer der Polizei konnte nur Melanie wissen, was geschehen würde.

"Es wird vermutlich eine lange Zeit im Gefängnis. Eine ziemlich lange. Vermutlich wird keiner von uns beiden sie jemals wiedersehen."

Keiner von uns beiden. Elisabeth schluckte schwer. Sie war immer noch zwischen Jubelschreien und Enttäuschung gefangen. Hatte sie sich wirklich nicht geirrt? Melanie verdrehte die Augen. Elisabeth zweifelte ihrer

Meinung nach zu viel. Sie zweifelte nie. Nein, sie dachte logisch und effektiv, egal was auch geschah. Egal wann, egal wie, egal weshalb. Außer, wenn sie gerade die kleine Barbiepuppe mit dem rosafarbenen Kleidchen war.

Kapitel 18 – Verändertes Zuhause

Elisabeth trat durch die Haustür. Ihr Haus bot ein einziges Schreckensbild, wie schon zuvor. Doch im Sonnenlicht, das nun durch die Tür hereinkam und minutenlang alles erleuchtete, sah es noch grausamer aus als zuvor.

Zuhause. Ja, sie war zuhause. Doch es fühlte sich nicht so an. Die zerbrochenen Scherben, zerfetzten Gegenstände auf dem Boden, abgerissen Tapeten und der riesige Magnet boten ein völlig anderes Bild. Würde es jemals wieder ein Haus werden, in dem sie problemlos und glücklich leben konnte? Würde jemals wieder Fröhlichkeit diese tristen Räume erfüllen? Sie wusste es nicht.

Sie lief ins Schlafzimmer hoch. Sie zog die Jalousie hoch und öffnete das Fenster. Kaum etwas war mehr übrig, es würde Stunden dauern, die Ordnung wieder halbwegs herzustellen.

Elisabeth seufzte. Lohnte sich all die Arbeit auch wirklich? Lohnte sich die Mühe, um alles aufzubauen? Es war frustrierend. Trotz allem würde nichts so werden, wie es war.

Sie sank auf das halb zerstörte Bett und begann zu weinen. Wie konnte alles nur jemals so weit kommen? Wieso konnte nicht alles wunderbar sein? Wieso musste sie sich so sehr ändern, wie auch all ihre Freundinnen?

Weinend ließ sie sich fallen und hämmerte vergeblich gegen die Wand vor ihr. Wie musste alles bloß so kommen? Wieso? Sie hatte doch immer n all das Gute in den Menschen geglaubt! Wieso wünschten ihr dann alle nur das Schlechteste? Den Tränen folgten weitere Wutausbrüche. All dieser Ärger, der sich in ihr aufgestaut hatte quoll aus ihr heraus. Ihr immerwährendes Lächeln musste für diese Zeit einfach aussetzen.

Sie. Sie selbst erkannte sich nicht wieder. Ernst war sie geworden, nicht mehr das halbe Kind, das jeder mochte. In nur wenigen Wochen hatte sie sich mehr verändert, als sie es all die Jahre durch getan hatte.

Kira. Kira war doch immer so toll. Wenn sie nicht gerade in ihrer Wut jemandem die Haare ausriss oder ihn zusammentrat. Aber das kam als Kind nur alle paar Tage vor. Doch nun war sie nur voller Wut. Wieso eigentlich? Sie hatte doch ein tolles Leben! Trotz der vielen Rückschläge ihr Leben lang.

Melanie. Melanie, die kleine Puppe. Die erst nervige Klette, die nur Kleidchen, Schuhe und Blumen kannte und deren Mutter eine genauso schöne wie auch manchmal dämliche Barbie war wie sie. Doch nun blieb außer den Kleidchen und den Spiegeln nichts mehr von der Puppe übrig. Sie war erwachsen geworden, so wie sie alle. Sie konnte nur noch zuhause in den Spiegel schauen und sich bewundern. Ansonsten blickte ihr, wie allen anderen, die harte Realität des Lebens entgegen.

Wenn Elisabeth richtig überlegte, war sie noch diejenige, die bis vor kurzem alles hatte. Ein kindliches Gemüt, ein wunderbares Lächeln, ein schönes Haus, das sie für wenig Geld von Melanie gekauft hatte. Sie hatte sehr viel Geld von ihren Eltern, konnte ruhig studieren, ohne den Drang der Arbeitssuche zu spüren und konnte tun und lassen, was sie wollte. Kira war immer auf der Arbeit, ohne jedoch viel zu verdienen, was sie machte, wusste Elisabeth nicht, da sie sich für so komplizierte Belange nicht interessierte. Melanie hatte nie eine Arbeit, auch wenn sie auf der Suche war. Ihr Vater hatte nie daran gedacht, das Püppchen studieren zu lassen. Vermutlich wollte er einfach nie Geld für etwas ausgeben, von dem er sich nicht viel erhoffte.

Was hatte sich wohl noch alles geändert? Würde sie jemals wieder die kleine Elisabeth im Spiegel sehen, die sich nur um die heutigen Hausaufgaben kümmern musste? Würde sie jemals die kleine Elisabeth wiedersehen, die sich niemals echte Sorgen machen musste? Vermutlich nicht.

Ermattet ließ sie ihre Fäuste sinken. Ihre traurigen Gedanken hatten gewonnen. Was sollte sie nun tun? In ihrem zerstörten Haus sitzen und sich weiter bemitleiden? Die Kraft zu etwas anderem fehlte ihr. Müde griff sie zu ihrem Telefon und tippte eine Nummer ein. Hoffentlich würde diese Person auch abheben ...

Kapitel 19 – Hoffnungsschimmer

Es ist siebzehn Uhr abends und mein Bad ist gerade warm! Meine Schönheitsmaske braucht noch mindestens eine halbe Stunde! Ich kann auch gar keinen Fall herüberkommen und dir beim Aufräumen helfen!" Sofort bereute Elisabeth ihren Anruf. Auf Melanie war aber wirklich keinen Verlass. Sobald ein Mordfall gelöst war, war Schönheit wieder das wichtigste Thema.
Sie ließ sich wieder aufs Bett fallen und warf das Handy in irgendeine Ecke. Noch einmal anrufen würde nichts bringen. Sie stützte den Kopf auf die Hände und versank wieder in ihrem Selbstmitleid.
Nach zehn Minuten, in denen sie schon eingenickt war, klingelte es Sturm. Wer zur Hölle klingelte um halb sechs noch an der Tür? Und wer klingelte so lange an einer Tür? Elisabeth richtete sich kurz auf und wartete. Das Klingeln wollte einfach nicht aufhören. Mit Mühe drückte sie sich hoch und wollte sich gerade lustlos zur Tür schleifen, als eine laute, schrille Stimme ertönte.
"Sag jetzt nicht, dass ich die eineinhalb Kilometer bis zu diesem Haus mit meiner Schönheitsmaske gelaufen bin, nur um vor der Tür zu stehen!" Melanies Stimme war ganz klar herauszuhören. War sie also doch gekommen! Elisabeth grinste und raffte sich auf und machte sich auf den Weg, um zu öffnen.

Als die Tür knarrend aufging, konnte sie sich vor Lachen kaum einkriegen. Die grüne Pampe in Melanies Gesicht sah urkomisch aus.
"Was denn? Ich konnte sie doch nicht abmachen! Sonst habe ich morgen am Ende noch einen Pickel!" Melanie fand alles nicht so lustig wie ihre Freundin.
"Komm doch herein."
"Dein Haus hat sich aber sehr verändert. Bevorzugst du nun modernen Einrichtungsstil?" Melanies Humor war trocken wie immer, was Elisabeth nur noch mehr aufmunterte.
"Nein, tue ich eigentlich nicht. Kiras Besuch war nicht besonders hilfreich bei der Einrichtung." Sie schluckte leise, als sie sich erinnerte. Wie lange musste sie diese schrecklichen Erinnerungen noch mit sich tragen? Allein der Gedanke daran jagte ihr einen kalten Schauer über den Rücken.
"Sie hatte immer eine besondere Art aufzuräumen. Das nennt man den Umhau-Stil. Sie ist sozusagen die Designerin davon." Auch wenn die Witze vollkommen geschmacklos waren, konnte Elisabeth immer noch herzlich darüber lachen. Melanie war einfach nicht der Menschen für emotionale Momente.
Zusammen liefen beide nach oben. Melanie kannte sich in diesem Haus besser aus als Elisabeth, da es so viele Jahre das von ihr und ihrer Mutter war.
"Also ... Möbel kannst du von mir haben. Das Haus meines Vaters ist voll von irgendwelchem Schrott. Den Rest der Wände bedecken wir mit Spiegeln. Aber alles hier muss weg."

Elisabeth stand fassungslos da. Ihre Freundin war verhaftet worden, doch Melanie widmete sich voll und ganz der Arbeit? Besser als im ewigen Selbstmitleid zu ertrinken war es immerhin. Also half sie ihr.

Nach einigen Stunden blickten beide auf ihre Arbeit hinab. Melanie war von der Veränderung begeistert, während Elisabeth nicht aufhören konnte zu lachen. Rosa! Hätte sie Melanie nur nicht allein gelassen beim Anstreichen. Das ganze Zimmer war in rosa, mit rosafarbenen Gardinen, hunderten Spiegeln und einem rosafarbenen Schrank. Und hier sollte sie schlafen?

Vielleicht hatte Melanie sich doch nicht geändert. Nicht, wenn immer noch dieses Ergebnis bei einer Renovierung herauskam. Auch wenn dieser Tag so viele Stimmungsschwankungen mit sich brachte, er endete mit einem Lächeln.

Kapitel 20 – Wahnhafter Hass

Kira blickte hinter sich. Niemand war dort. Wie einfältig waren die Polizisten aber, dass sie keine Wache hingestellt haben? Als ob sie kein Türschloss aufmachen könnte, immerhin hatte es ihr ihre Eltern beigebracht. "Wenn man sich auf eines bei der Polizei verlassen kann, dass irgendwo ein Fehler ist, den es zu finden gibt", hatten ihr ihre Eltern dutzende Male eingeprägt. Sie grinste höhnisch.

Jemand ging über die Straße und sie drückte sich gegen die Wand. Die kalten Steine neben ihrem Gesicht fühlten sich an, als würde sie noch im Gefängnis sitzen. Aber sie durfte nicht entdeckt werden. Nicht, bevor sie ihre Aufgabe erledigt hatte.

Elisabeth ... dieses dumme Biest! Hatte sie an die Polizei verraten, wie auch ihre schöne, ach so tolle, Freundin Melanie! Jahrelang musste sie sich beiden abplagen. Mit dieser dämlichen Elisabeth, dem naiven Ding, das immer nur das Gute sah und diesem Modepüppchen Melanie, das nur Kleider, Schuhe und Spiegel im Kopf hatte. Keiner war es auch nur wert gewesen, ihre Stiefel zu lecken, geschweige denn, sich ihre Freundin nenn zu dürfen. Wie konnten sie nur? Verächtlich schnaubte sie. Beide lebten sowieso in ihrer eigenen Realität, es gab keine Probleme und alle waren lieb und nett, was für ein Unsinn.

Was würde Kira tun? Sie wusste es nicht. Doch in ihrem Kopf liefen die schlimmsten Dinge ab. Sie schwankte nur noch zwischen den einzelnen Arten, der Tod stand beiden schon sicher. Einzig allein ihre Vorstellungen konnten ihr ein Leben lang ein Lächeln aufs Gesicht zaubern, das sowohl echt war als auch strahlend schön. Hass war an einzige, was sie noch empfand. Doch all die Brutalität in ihrem Leben würde ein Ende nehmen. Elisabeths Ende. Schallend lachte sie.

Wieder lief sie schneller und drückte sich dabei ganz eng an den Wand vorbei. Sie durfte nicht entdeckt werden! Nicht jetzt, nicht später.

Ihr wunderschönes Lächeln in diesem Moment hätte jedes andere in den Schatten stellen können. Doch sie konnte es niemals öffentlich zeigen, da es eine gewisse

Reaktion voraussetzte. Dieser Sommer würde für sie und ihre 'Freundin' zur absoluten Hölle. Auf keinen Fall wollte sie allein in den Abgrund verschwinden.

Im Licht der Straßenlaternen erblickte sie Elisabeths Haus. Rosafarbene Wände ... als sie da war, war wenigstens noch alles schön! Nun konnte man die Zerstörung ihrer Kunst allein durch das kleine Fenster sehen. Alles war hübsch hergerichtet. Die beiden Zicken hatten sich also schon wieder vertragen. Kira schnaubte verächtlich. Sie brauchte solche Freunde nicht. Sie brauchte überhaupt keine Freunde.

Als sie über die Holztür strich, dachte sie mit Freuden daran, wie schön eine zweite Zerstörung sein würde. Wenn das zarte Holz unter ihrer Axt splittern würde, welch ein wunderbares Gefühl! Wieso hatte sie auch die Tür von ihrem Angriff verschont? Diese Macht, den Eingang zu dem einzigen Zuhause einer Verräterin zerstören zu können ließ ihre Augen aufleuchten. Doch sie musste sich zusammenreißen.

Sie ging weiter, um nicht die Schmach ertragen zu müssen, dass Elisabeth einen kleinen Triumpf hatte. Einen Triumph, der ihr niemals hätte vergönnt sein sollen. Kira war von klein an für ihre Brutalität bekannt wie auch ihre Familie. Wenn sie schon für eine Wahnsinnige gehalten wurde, wieso nicht eine werden? Wieder erklang ihr schallendes Lachen, das diesmal mehrere Lichter in den Fenstern nach sich zog.

Ihre Flucht war jedoch nach wie vor unbemerkt. Die kleine Kira hatte das geschafft, was alle ihr verbieten wollten. Sie kleine Kira war wieder sie selbst. Wenn

man sie nicht schon für eine Mörderin hielt, wieso sich dann zusammenreißen?
"Lass Blut fließen, doch lass es nicht meines sein ...", das kleine Lied ihrer Eltern kannte sie immer noch. Das kleine Lied, das nun auf sie bezogen wurde ...

Kapitel 21 – Rache

Lass Blut fließen, doch lass es nicht meines sein. Der Schein trügt diesmal nicht allein. Zerstörung durch meine Adern fließt. Zerstörung, die genug für alle misst. Wir werden und bald wiedersehen. Am Todestag, ach wird das schön", summte Kira vor sich hin. Das Lied, das sie schon in der Krippe gehört hatte faszinierte sich von Anfang bis Ende. Heute war ihr großer Tag.
"Kira Schumacher aus dem Gefängnis geflohen! Braunes Haar, grüngelbe Augen, blasse Haut. Trägt einen weiten Pulli und sehr große Hosen. Wenn Sie sie sehen, bitte die Polizei rufen."
Lachend las sie das Flugblatt, das gerade vorbeigeweht kam. Wie konnte die Polizei bloß glauben, sie ein zweites Mal zu fangen? Nein, diesmal war sie gewappnet. Niemand würde ihr im Weg stehen. Elisabeths rosafarbene Gardinen waren schon von weitem erkennbar. Wieso musste sie Kira auch an die Polizei verraten? Ungezogenes, kleines Ding.
Wieder summte Kira ihr schönes Lied. Jede einzelne Note ließ ihre Finger zucken und das Messer bohrte

sich in ihre Handfläche. Jahrelang hatte sie sich zusammengerissen, hatte sich bemüht, freundlich zu sein, auch wenn es selten funktionierte. Doch nun? Nun hielt sie doch jeder für eine Mörderin! Sie konnte in Ruhe sie selbst sein. Es war trotz allem die fröhlichste Zeit ihres Lebens.

Die Kiesel unter ihren Füßen knirschten, als sie durch das Gartentor trat. Diese kleinen Kiesel. Wie lange hatte sie sich gefühlt, als würde genauso wie auf diesen Steinchen auf ihr getreten worden. Wie lange war sie gegen die Absperrung geknallt, nur um wieder unter die Füße der Menschen zu geraten? Selbst Elisabeth hatte es nie interessiert. Selbst ihre angeblich beste Freundin sah in ihr immer nur den Zeitvertrieb, im Kampf konnte sie nie auf sie zählen. Diesmal würde sie aber nicht nachgeben und den Kiesel spielen. Es war an der Zeit für Elisabeth, die Realität zu begreifen.

Die Tür knarrte, als sie dagegen drückte. Wie gerne hätte sie das Holz zersplittern gesehen, doch das durfte sei nun nicht. Sie musste ihren Kampf gegen Elisabeth gewinnen. Sie musste!

Das Messer schnitt immer tiefer in die Haut. Immer größere Blutrinnsale ergossen sich über die Fingerspitzen auf den Boden. Das monotone Tropfen nahm sie in seine Mitte. Sie konnte niemals verlieren, es machte sie wahnsinnig. Und ausgerechnet gegen diejenigen zu verlieren, den sie doch jahrelang traute, war schmerzhaft.

"Lass Blut fließen, doch lass es nicht meins sein ..." Das Lied war das einzige, was sie als Andenken von ihren

Eltern noch hatte. Aber das wusste Elisabeth nicht. Sie fragte nie. Zwei Jahre war das her und keiner hatte sich überhaupt dafür interessiert. Tolle Freundinnen waren das! Und nun glaubten sie, dass sie die Verräterin war? Ihr Lächeln wurde grimmig. Sie brauchte keine Freundinnen, die sie nie unterstützten. Ihre Eltern waren genug gewesen. Doch waren sie verstorben.
Mehrere Tränen machten sich auf den Weg über ihre Wangen zum Kinn hinab. Ihre Trauer, die sie immer in sich hineinfraß hatte sich in eine rasende Wut verwandelt. Sie würde nicht vor der Haustür stehenbleiben! Nein, sie würde Elisabeth auslachen und sie voller Schmerzen einfach in der Ecke liegen lassen. So wie diese es früher getan hatte. Nie hatte Elisabeth etwas verstanden! Ein simpler Schnitt in den Finger bedeutete den Weltuntergang! Oh, wie sehr hasste sie doch dieses Getue um nichts!
Die Stufen erbebten unter ihren harten Tritten. Nachgeben sollten sie! Nachgeben! Nicht einmal Fröhlichkeit empfand sie. Nein, nun würde alles zu Ende sein. Alles!
Nun stand sie vor der Tür. Sie bemühte sich eines Lächelns, doch diesmal gab ihr nicht einmal die Freude der Rache eins. Würde sie Elisabeth wirklich töten? Selbst Kira wusste es nicht mehr so genau, doch ihr Wunsch nach Rache blieb derselbe ...

Kapitel 22 – wichtige Entscheidungen

Kira blieb lange stehen. Sollte sie eintreten oder nicht? Sie konnte nicht gegen Elisabeth verlieren! Nicht schon wieder. Die Tränen tropften genauso auf den Boden wie das Blut. Sie wollte endlich das Messer fallenlassen, doch sie konnte es nicht, sie musste zuschlagen! Sie musste einfach!

Quietschend schwang die Tür zurück. Elisabeth setzte sich im Bett auf. Was war los? Sie horchte eine Minute, doch es war still. Das war bestimmt nur der Wind. Sie drückte sich vom Bett ab und lief zur Tür. Musste diese auch immer aufgehen?

Kira lockerte das Messer in ihrer Hand und das Blut lief stärker. Zum ersten Mal seit langer Zeit war dieser ewige Kampf ermüdend. Sie wollte dieses Blut nicht mehr sehen! Sue wollte keinen Schmerz mehr spüren! Dieser Hass sollte einfach aufhören!

Elisabeth wollte gerade die Tür schließen, als sie eine Person dahinter bemerkte. Wer war es? Was hatte jemand nachts in einem fremden Haus zu suchen? Nervosität stieg in ihr auf.

Kira schluckte. Sie musste gewinnen! Doch konnte sie es diesmal? In ihrer Wut konnte sie viel. Viel mehr, als jeder andere. Doch töten? Diese Frage musste sie sich bisher nie stellen.

Elisabeths Finger zitterten, als sie nach der Tür griff. Sollte sie wirklich aufmachen? Sie wollte wissen, wer nachts in ihrem Haus spazierte. Doch gleichzeitig war es besser, es nicht zu wissen. Was würde geschehen? Schweißtropfen bildeten sich auf ihrer Stirn.

Kira griff ebenfalls nach der Tür. Ihr Leben lang hatte sie geglaubt, kein Gewissen zu haben, doch nun? Sie konnte niemanden töten! Doch sie musste es! Aber sie hatte niemals jemanden getötet! Sie konnte es doch nicht!

Elisabeth griff nach der Klinke und wollte die Tür öffnen, als die Person sich bewegte Wer war es bloß. Und wieso, wieso war so viel Blut auf dem Boden? Der- oder diejenige musste ernsthaft verletzt sein!

Kira stand regungslos da. Sie konnte nicht ins Zimmer gehen. Nicht, wenn sie nicht zu einem Mord bereit wäre. Doch verschwinden? Verschwinden kam ebenfalls nicht in Frage. Sie war kein Feigling wie Elisabeth! Sie war kein solcher Feigling, dass sie Morde beging und alles auf ihre Freunde abwälzte. Dieses scheinheilige Ding musste dafür büßen! Sie ...

Elisabeth fasste sich ein Herz und drückte gegen die Tür, die langsam zurückschwang. Sie konnte es nicht zulassen, dass jemand vor ihrer Tür verblutete. Nicht, wenn das Blut dann auf den schönen rosaroten Fließen antrocknete.

Kira wurde schummerig. Das Messer rutschte ihr fast aus den zittrigen Fingern. Ein tiefer Schnitt zierte ihre Handinnenfläche. Wieso brannte diese Wunde auch so? Erschreckt sah sie hinter sich und erblickte die Spur, die sie zurückgelassen hatte. In ihrer Wut und Verzweiflung hatte sie einfach ignoriert, dass sie einen tödlichen Gegenstand in ihrer Hand hielt.

Elisabeth betrachtete Kira. Ihre Augen waren kalt und hart wie immer. Doch sie war viel blasser als zuvor. Was sollte sie tun? Wegrennen? Oder sich einschließen? Doch die wichtigste Frage blieb. Was würde Kira tun?

Kira schwankte stärker. Irgendwie drehte sich alles. Ihr war kalt und heiß zugleich. Die Wände wackelten. Wieso stand Elisabeth vor ihr. War alles ein Traum? Was war mit ihr?

Elisabeth runzelte die Stirn. Wieso schwankte Kira dermaßen? Blutete sie so stark? Was sollte sie tun?

Kira wunderte sich. Was geschah nur? Wieso wackelten die Wände? Was ...

Elisabeth sah Kira fallen. Sollte sie sie hier liegen lassen oder den Notarzt rufen? Was, wenn alles nur eine Falle war? Kira wollte sie ermorden, das war klar. Doch wieso hatte sie es nicht getan? Fragen über Fragen wirbelten umher. Was würde sie tun?

Kapitel 23 – Schuld

Nachdenklich lief Elisabeth durch den Gang. War es wirklich eine so gute Idee, Kira zu besuchen? Sie zweifelte an ihrem eigenen Verstand. Wieso aber hatte diese sie nicht getötet?

Immer wieder erinnerte sie sich daran, wie Kira vor ihren Augen zusammenbrach. Nein, sie hatte genug Chance, Elisabeth zu töten. Wieso hatte sie es nicht getan? Diese eine Frage blieb übrig, egal, wie sie es drehte.

Kira versuchte die Augen zu öffnen, doch es fiel ihr schwer. Was stimmte nicht? Gerade war sie in Elisabeths Flur und nun spürte sie ein weiches Laken unter ihren Händen. Das Gefängnis? Wieso war bloß alles schwarz geworden?

Wieder versuchte sie ihre Augen zu öffnen und es klappte. Dass sie nur weiß sah, brachte noch mehr Verwirrung mit sich. Weiß? Was war mit ihr? War sie in einem Traum? War sie ... tot?

"Was zur ..." Sie wollte gerade mit einem Fluch loslegen, als sie einen Schatten entdeckte. Was war das? Sie versuchte sich hochzudrücken, doch sie spürte einen stechenden Schmerz in der rechten Hand. Ermattet ließ sie ihren Kopf wieder aufs Laken sinken. Es war hoffnungslos.

Elisabeth drehte sich um und blickte Kira an. Diese jedoch starrte regungslos zur Decke.

Sollte sie zu ihr hingehen? Doch bei Kira konnte man nie erwarten, was sie als nächstes tat. Sollte sie wieder weggehen, wenn sie doch nun wusste, dass es ihr gut ging? Vielleicht.

Langsam trat sie näher. Kiras Augen wanderten wütend von einem Fleck zum anderen und doch schienen sie Elisabeth nicht zu erkennen. Kurz vor dem Bett blieb sie stehen.

Kira Blickte zornig nach links. Elisabeth! Was hatte dieses kleine Biest nur hier zu suchen? Bestimmt hatte diese sie niedergeschlagen! Ja, genau! Elisabeth, das kleine Monster!

"Was suchst du hier?" Ihre Stimme war eiskalt, wenn auch noch etwas undeutlich.

"Du bist gestern auf dem Flur zu Boden gefallen, falls du dich daran noch erinnerst."

Wie konnte ihr dieses Biest diesen Triumph nur so unter die Nase reiben? In Kira brodelte es. Sie wollte um sich schlagen, sie Elisabeth packen und sie so weit werfen, wie sie nur konnte. Sie wollte ... Doch sie konnte nur hier liegen und vor sich hin krächzen.

"Weil du mich zusammengeschlagen hast!" Sie wollte sich nach vorne werfen, doch sie konnte sich immer noch nicht rühren.

"Ich habe dich nicht zusammengeschlagen! Erinnerst du dich etwa nicht an das Messer in deiner Hand?"

Das Messer. Dieses blöde Messer! Kira könnte sich verfluchen vor so viel Scham! Doch es trotzdem Elisabeths Schuld. Schließlich war sie nur gekommen, um diese zu ermorden.

"Wo bin ich?" Sie wurde schroff.

"Im Krankenhaus." Elisabeth trat noch näher ans Bett, sodass sie vollständig im Blickfeld war.

Krankenhaus? Was zur Hölle machte sie hier? Sie mochte keine Krankenhäuser! Nicht, seit zwei Jahren! Nicht, seit ...

Sie musste ihre Angst unbedingt verstecken. Sie durfte unter keinen Umständen Angst zeigen. Erst recht nicht vor Elisabeth. Sie würde nicht weinen wie ein kleines Mädchen, denn das war sie schon lange nicht mehr.

Elisabeth betrachtete Melanie nachdenklich. Wieso war sie plötzlich so verkniffen? Irgendetwas stimmte nicht mit ihr, aber das konnte sie getrost zu den tausend anderen Rätseln über Kiras Leben legen. Sie interessierte sich nicht für Einzelheiten, die nicht sofort aus den Menschen heraussprudelten. Es sei denn, sie wollte es unbedingt wissen.
"Wieso hast du mich nicht umgebracht?" Diesmal eine Frage, die Elisabeth wirklich beschäftigte. Wieso?
"Ich bin keine Mörderin."
Wer dann?

Kapitel 24 – Alte Spuren

Wer dann? Die große Frage ohne Antwort. Elisabeths großes Rätsel, bevor alles zu Ende sein konnte. Wer war der Mörder? Denn obwohl sie Kira einen Mord zutraute, gelogen hatte sie nie.
Wer dann? So vielen Menschen würde sie einen Mord nie zutrauen. Zu viel Angst oder zu viel Korrektheit. Niemand hier wäre hier der Lage dazu. Doch es musste jemand sein.
Zweifel. Zweifel waren alles, was sie weiterbringen konnte. Doch es fiel ihr schwer, in Menschen zu zweifeln, die sie ihr ganzes Leben lang kannte. Wie sollte sie auch? Sie hatte schon genug gezweifelt.
Ihre Nachbarn? Nein, sie konnten es nicht tun. Oder doch? Schließlich wollten sie sie schon einmal umbrin-

gen. Aber wozu sich damit als Mörder offenbaren? Aber andererseits wäre eine Enthaltung auffallen

Es war zu verzwickt! Vor so kurzer Zeit war sie vom ganzen Herzen überzeugt, doch nun ... Was, wenn sie sich wieder irrte? Niemals in ihrem Leben würde sie diesen Fehler vergessen können.

Sie hatte so fest an Kiras Schuld geglaubt und diese an ihre. Wieso konnte sie nicht richtig geraten haben? Denn mehr als geraten hatte sie nicht, wie ihr jetzt auffiel. Zwar gab es noch einige Dinge, die sich nicht zu erklären ließen, wie das Handy, aber nichts, dass vollkommen überzeugend war.

Wer dann? Immer wieder kam diese Frage in ihr auf. Wer war es bloß? War es am Ende sie? Erinnerte sie sich nur nicht? Immer mehr Selbstzweifel machten sich in ihr breit. Wieso konnte sie nicht so unauffällig sein wie alle anderen? Wieso musste ausgerechnet sie in einen Mordfall hineingeraten? Viele ihrer alten Klassenkameraden hätten viel dafür gegeben, ermitteln zu dürfen, doch sie wollte es nicht.

An wem konnte sie sich Zweifel erlauben, wenn fast jeder wegfiel? Es fiel ihr niemand ein. Sie durfte sich keine Fehltritte erlauben! Ihre rosaroten Gardinen fielen vor das Fenster.

Rosarote Gardinen. Sie drehte sich um. Das I-Tüpfelchen. Irrtümer. Der burgunderrote Lippenstift. Elisabeth drehte sich noch einmal um. Das I-Tüpfelchen. Rot. Perfektion.

Denk nach! Gedanken hämmerten ihr durch den Kopf. Denk nach, Elisabeth! Diese kleine Rose auf dem `I´.

Ein Detail, das von Anfang an wichtig war. Sie suchte nach neuen Spuren. Doch wie konnte Neues ihr weiterhelfen, wenn sie Altes noch nicht einmal ordentlich verfolgt hatte?

Hans Fregler. Der zweite Name, den ihr Melanie gegeben hatte. Der zweite Tote. Sie brauchte eine Verbindung! Im Fernsehen sah es doch immer so leicht aus! Drehen, drehen, eine Spur, eine Antwort. Nur die Antwort wollte nicht auftauchen …

Wer dann? Wer hatte Hans Fregler ermordet? Wer hatte Frau Sand erschlagen in Elisabeths Garten gelegt? Wer war wirklich der Mörder? Immer wieder drehte sie sich herum. Es konnte niemand sein und musste doch jemand sein! Ermüdet ließ sie sich aufs Bett fallen. Wie einfach war alles noch, als sie Kira beschuldigt hatte? Wahnsinnig einfach. Doch aus ihren Fehlern musste sie lernen, egal wie oft sie sich noch dagegen sträubte. Sie musste etwas herausfinden! Irgendetwas! Doch das schien nicht so leicht.

"Errare humanum est, sed in Errare perseverare diabolicum. Irren ist menschlich, aber auf Irrtümern zu bestehen ist teuflisch." Ihr wurde klar, dass sie genau das gerade tat …

Kapitel 25 – Zurück Am Anfang

Wieder ganz am Anfang. Elisabeth blieb keine andere Chance. Wenn sie auch viele Hinweise hatte, so hatte sie auch zu viele Spuren, die in die Irre führten. Nichts schien eindeutig. Nichts schien sicher.

Vertrauen. Davon hatte sie eindeutig zu viel. Ihrer Meinung nach konnte niemand ein Mörder sein. Doch es musste jemand sein, sie musste einfach einmal ihren Instinkt vergessen. Sie konnte vieles nicht glauben, das wahr war. Wieso sollte sie sich also kein zweites oder gar drittes Mal irren? Denn niemand in ihrer Umgebung schien mehr der zu sein, der er früher war. Alte Geschichten würden sie niemals zur Lösung führen.

Wer konnte es sein? Theoretisch jeder. Doch wer hatte die Möglichkeit? Leider auch jeder. Alles deutete dennoch auf eine Person hin. Der burgunderrote Lippenstift, eine seltene Farbe. Das seltsame `I´, eine Angewohnheit, die nur bei sehr wenigen Personen vorkam. Alles hatte einen gewissen Wahnsinn und dennoch auch Klasse. Alles war bis ins Detail überlegt und gewissenhaft durchgeführt. Wie beim Schminken, wo jeder falsche Strich einen neuen Versuch bedeuten würde und wieder Stunden kosten wird.

Melanie. Alles deutete auf sie hin. Diese Perfektion kam nicht oft vor. Doch wie konnte sie ihre Freundin verdächtigen? War ein Fehler nicht schlimm genug? Doch die Beweislage war erdrückend. Die Beweislage, alle Anschläge auf sie verübt zu haben. Doch wieso wollte sie Elisabeth dann schützen? Ein Detail schien nicht zum anderen zu passen. Das Bild zeigte nur einen kleinen Ausschnitt.

Und die Morde? Wer war dafür zuständig? Denn es war nicht Melanies Art. Vielleicht waren es zwei unter-

schiedliche Dinge. Doch wieso dann die Zettel? Ihre gesamte Idee basierte auf diesem Zusammenhang, der eindeutig schien. Doch es schienen zwei völlig verschiedene Menschen getan zu haben.
Zwei Menschen. Demnach war keiner der Indizien eindeutig. Nichts konnte etwas beweisen. Nichts. Immer schien alles zu eindeutig, auf eine Person fokussiert, doch es war einfach nicht möglich. Doch beide mussten sich kennen. Niemand schien mehr in Frage zu kommen. Alles war wieder am Anfang.
Doch was wusste sie schon? Eine kleine Ermittlung, Behauptungen ohne Beweise. Sie musste dringend wieder etwas unternehmen. Sie musste wissen, was es sich mit den anderen Spuren auf sich hatte und ob es neue geben würde.
Wer war der zweite Tote? Noch eine Frage von den Hunderten. Doch vielleicht würde diese Frage Elisabeth einen Schritt näher an die Lösung bringen. Es musste so sein! Denn sonst ergab keine andere Spur Sinn. Wer war er bloß? Hans Fregler schien absolut niemand zu kennen. Der Name stand zwar in den polizeilichen Unterlagen, doch wer konnte er bloß sein? Und wieso kannte nur Kommissar Kurt seinen Namen? Elisabeth war frustriert. Hatte sie tagelang die falschen Spuren verfolgt? Waren ihre Vermutungen richtig? Konnte die neue Spur etwas bringen? Würde sie wieder scheitern. Doch eine Frage blieb noch. Würde sie jemals den Mörder finden?
Ihr Kopf wollte alles bejahen, doch sie selbst zweifelte daran. Wenn schon die Polizei überzeugt von ihrer

Schuld war, wie sehr konnte sie sich dann irren? Sie hatte schon genug Fehler begangen. Und doch musste sie jemanden finden. Koste es, was es wolle.
Koste es, was es wolle. Ein Schauer lief ihr über den Rücken. Sie hatte es ohne Hintergedanken gedacht. Würde sie wirklich alles geben, um den Mörder zu finden? Vielleicht. Doch wie weit würde 'alles' gehen?

Kapitel 26 – Vollkommen Unbekannt

Elisabeth schluckte leise. Eine Ermittlung hatte sie sich deutlich einfacher vorgestellt. Die erste Tote vor ihrer Tür hatte keine echte Ermittlung nötig. Damals hatte Melanie alles erledigt, doch diesmal bekam auch sie keine Adresse.
Hans Fregler. Ihn schien es einfach nicht zu geben. Niemand kannte ihn, nirgendwo eine Adresse. Nicht einmal im Internet konnte sie ihn finden. Er schien vom Erdboden verschwunden zu sein, als hätte er niemals existiert. Seltsam.
Was sollte sie nun tun? Außer Ermittlungen fiel ihr nichts ein. Jedes einzige Beweismittel hatte sie schon zum stundenlangen Grübeln gebracht, jedoch ohne eine Lösung. Doch sie musste etwas unternehmen! Sie konnte nicht stundenlang dasitzen und nichts tun. Nicht mehr.
Immer wieder spukten ihr Theorien durch den Kopf. Was, wenn er ein Geheimagent war? Was, wenn es nicht einmal sein echter Name war? Was, wenn er nicht

tot war, sondern jemand anderes? Eine Idee schien absurder als die andere. Nichts davon war wirklich möglich. Nichts davon klang überhaupt logisch.

Wie sollte sie nur herausbekommen, wer Hans Fregler war? Der mysteriöse Unbekannte, der irgendeine Verbindung zu Frau Sand haben musste. Ein Mensch, der nie zu existieren schien und eine Frau, die hunderte von Spuren zurück ließ. Was konnten beide nur gemeinsam haben? Nichts, wie es schien.

Sie griff nach ihrem Handy und tippte eine Nummer ein. Sie brauchte unbedingt Gewissheit, ob Melanie sich nicht geirrt hatte. So ein kleiner Fehler konnte schließlich jedem unterlaufen. Oder war es etwa Absicht? Diesen Gedanken wischte sie lieber zur Seite.

Niemand ging heran. Wieder wählte Elisabeth die Nummer und wartete. Melanie war also nicht zuhause. Seltsam. Sie sollte doch eigentlich da sein. Plötzlich piepte das Telefon. Hatte Melanie aufgelegt? Stimmte etwas nicht? Sie war doch normalerweise nicht so seltsam! Wieder machte sich diese dunkle Vorahnung in Elisabeth breit. War Melanie in alles verwickelt? War sie die Mörderin?

Nein! Sie konnte nicht jeden verdächtigen! Dieses Misstrauen musste aufhören! Es konnte hunderte Gründe geben, wieso Melanie sich manchmal von der süßen Barbie in eine ernste, junge Dame verwandelte. Nichts davon musste mit Mord zu tun haben! Niemand musste nur deshalb schuldig sein, weil ... weil alles gegen ihn sprach.

Alles sprach gegen Melanie. Alles führte zu ihr zurück, außer dieser einen Spur mit dem Handy. War es aber wirklich so? Führte diese Spur wirklich nicht zu Melanie? Und woher kam diese ewige Verbindung nur? Eines war sicher: Melanie wusste mehr, als sie zugab.

Sollte Elisabeth den großen Schritt wagen? Eine Ermittlung gegen ihre Freundin zu führen? Würde es ihr auch weiterhelfen? Hatte Melanie etwas zu verbergen? Etwas in ihr wollte sie dazu überreden, doch ihr Gewissen ließ es nicht zu. Eine Ermittlung konnte zwar ihre Freiheit bedeuten, ihr allerdings ihre einzige und beste Freundin kosten. War es das wert?

War auch alles seinen Preis wert? Egal, was sie auch dachte, diese Frage stellte sie sich ohne Ende. Manchmal schien es so viel wert zu sein, doch wenn es getan war, nahm die Reue den Platz der Hoffnung ein. Sie wollte Sicherheit haben, doch es gab keine. Jede Spur schien sie weiter in die Irre zu führen, die für einen Moment wie Wahrheit wirkte.

Hans Fregler. Wer war er wirklich und wieso schien er nicht zu existieren? Was war sein großes Geheimnis? Und das größte Rätsel, was brachte jemanden dazu, einen Menschen zu töten, der nie existierte?

Kapitel 27 – Neuer Verdacht

Elisabeth konnte es nicht fassen. Es durfte nicht wahr sein! Melanie war doch ihre Freundin! Tränen rollten ihr über das Gesicht.

"Ich sagte doch, dass jemand in unserer Asservatenkammer ist! Ich habe jemanden gehört!" Das Schloss knackte, als jemand den Schlüssel darin drehte.
Wo sollte sie sich verstecken? In der Eile würde sie nicht so schnell aus dem Fenster kommen. Sollte sie sich verstecken? War aufgeben nicht besser? Kommissar Kurt und sein Assistent kamen in den Raum.
"Sehen Sie? Das Fenster ist offen! Das war bestimmt diese seltsame Frau Grandler." Der junge Bursche konnte sich kaum einkriegen vor Nervosität.
Elisabeth biss sich auf die Unterlippe. Würde man sie hinter dem Regal erkennen? Wenn sie doch schon richtig geraten hatten! Was würde wohl geschehen? Schlimmer konnte es nicht mehr werden!
Nachdem sich beide gut umgesehen hatten, gingen sie wieder hinaus. Der Assistent beschwerte sich so laut, dass Elisabeth deutlich merkte, wann sie davongingen. Nachdenklich stand sie wieder auf. Sie war der Polizei einen weiteren Tag entronnen, doch wie lange noch? Was machte diese Jagd noch wert?
Ihre Finger wanderten über die Regale mit dem Beweismaterial. Ein Beweis fehlte selbst ihr für die Lösung. Noch ergab nicht alles seinen Sinn, doch schon sehr viel. So oft war sie in die falsche Richtung geeilt, hatte sich in ihren Gedanken verrannt und nur auf das verlassen, das logisch schien. Doch nun war nichts mehr logisch. Ihr schien der Boden unter den Füßen weggerissen worden zu sein.
Beste Freundinnen. Jahrelang hatte sie an das gegenseitige Vertrauen, das Für-einander-da-sein und an die

ewige Wahrheit geglaubt. Doch nun schienen beide ihrer Freundschaften unter einem zusammenstürzenden Lügengebilde begraben zu sein. Alles schien zerstört zu sein, nichts schien mehr zu existieren. Wieso hatte Melanie gelogen? Wieso hatte sie all das getan? Was hatte sie nur dazu gebracht einen Menschen zu töten? Was hatte sie nur dazu gebracht, Elisabeth ermorden zu wollen?

Selbst wenn es zwei Personen sein könnten, so deutete doch jedes Detail auf Melanie hin. Jede Spur, die irgendwo anders hin führte, schien im Nichts zu enden. Wieso wurde sie zur Mörderin? Sie hatte doch alles! Sie hätte doch jederzeit Elisabeth fragen können! Sie waren doch Freundinnen!

Wütend stampfte Elisabeth den Weg von Kommissariat bis zu Melanies Haus entlang. Eigentlich war es nicht Melanies Haus, sondern das ihres Vaters. Ihres musste sie schließlich wegen ihren Schulden an Elisabeth verkaufen. Wieso nur das alles? Mord konnte doch nicht der einzige Ausweg aus den Schulden sein! Man konnte doch nicht einfach seiner besten Freundin mit einem Lächeln ins Gesicht lügen, während man gemeine Intrigen spinnt!

Man konnte seiner besten Freundin nicht mit einem Lächeln ins Gesicht lügen. Doch, das konnte Melanie. Immer ihr puppengleiches Gesicht, die perfekte Frisur und eine Mischung aus Ballkleid und halber Garderobe. Doch niemals ein echtes Lächeln. Von einer Sekunde auf die andere ihre Mimik wechseln, ja, das konnte die gerissene Blondine. Sie war längst nicht so blöd, wie alle dachten.

Beste Freunde. Das waren Kira, Melanie und sie einmal gewesen. Eine Wahnsinnige, die nun für unzurechnungsfähig erklärt wurde und für suizidgefährdet, eine kaltblütige Mörderin mit einem Puppengesicht und Elisabeth. Doch wer war Elisabeth?

Elisabeth. Früher konnte sie in den Spiegel sehen und sich klar definieren. Die junge Studentin mit durchschnittlichem Abschluss, einem gewöhnlichen Kleidungsstil und naivem Charakter. Die junge Dame, die mit Gutgläubigkeit auf die Welt blickte und Vertrauen zurückbekam. Sorgen hatte sie nie, nicht, wie so viele andere. Natürlich hätte besser sein können, wie Kira, die trotz ihrer perfekten Noten nicht weiterlernen konnte, sondern allein das Geld für den Unterhalt aufbringen musste. Natürlich hätte sie schöner sein können, wie Melanie, die in jedem Stil einfach glänzen konnte und auf jeder Bühne die Blicke auf sich zog, nun doch in einen Strudel aus Mord in Intrigen geraten war. Doch Elisabeth war immer auf den absoluten Durchschnitt bedacht. Die graue Maus, die man meistens übersah. Jetzt blieb ihr nicht einmal das übrig.

Was blieb denn überhaupt noch? Alles lag in Trümmern. Vor einigen Tagen schien der einzige Ausweg die Wahrheit, doch würde sie nun helfen? Die Tochter des Polizisten eine Mörderin. Besser konnte es wirklich nicht kommen. Die Wahrheit würde sie nirgendwohin führen. Oder doch?

Elisabeths wütende Schritte hämmerten über den Asphalt. Nein, sie konnte sich nicht beruhigen! Wenn sie eins hasste, dann waren es Lügen. Doch wie würde Melanie bei ihrer Ankunft reagieren? Selbst wenn sie Elisabeth umbringen würde, diese interessierte es nicht mehr im Geringsten. Denn was blieb schon übrig, für das es sich zu leben lohnte? Nichts, wie es schien. Nichts.

Epilog – Wahrheit

Manchmal kann das Leben einen in die Irre führen, doch selbst dann können Irrungen unser Leben nicht führen---

Irrungen schienen Elisabeths Leben nur so zu erfüllen. Fehler, die sie hätte vermeiden können. Alles könnte doch so einfach sein! Doch nur sie selbst führte sich immer weiter in die Irre.

Leben. Für viele etwas Selbstverständliches mit so vielen Verbindungen. Doch welche Verbindungen standen denn noch? Fast keine. Ihr Leben lag in Scherben, die sie nicht mehr aufsammeln wollte.

Melanie. Dieser Name wollte ihr nicht aus dem Kopf gehen. Sie waren Ewigkeiten Freundinnen, nichts schien sie auseinander bringen zu können. Immer war Melanie da und in jeder Situation war auf sie verlass, egal wie sehr sie sich manchmal beschwerte. Doch nun? Nun war sie eine Mörderin, die auch Jagd auf

Elisabeth machte. Nun war sie eine Verräterin, die das Leben anderer Leute beendete.

Wütende Schritte wurden von der engen Gasse wiedergegeben. Ja, Elisabeth hatte sich nicht mehr unter Kontrolle. Es war ihr egal, wie Melanie, die Mörderin reagieren würde. Es war ihr egal, ob sie dieses Treffen überleben oder sterben würde. Nichts zählte mehr.

Nur wenige Schritte vor Melanies Haus blieb Elisabeth stehen. Wieder würde sie die rosaroten Zimmer sehen, tausende Spiegel um sich und daran denken müssen, dass Melanie ihr immer nur den Spiegel ihrer Vorstellungen vorhielt. Wieder würde sie die hunderte an Kleidungsstücken sehen müssen und daran denken müssen, wie gut Melanie ihre Rolle doch konnte. Denn wenn sie eins konnte, dann war es schauspielern. Die Bühne war Melanies vorbestimmte Heimat, nur dass sie niemals genug Geld dazu hatte.

Die rosaroten Gardinen am Fenster bewegten sich. Himmelblaue Augen blickten auf Elisabeth hinab. Eine Mischung aus Leben und Tod funkelte in ihnen. Und eine tiefe, ehrliche Reue ...

Neben den himmelblauen Augen erschienen schwarze, in denen nur der Tod wütete. Es waren Augen, die nach Rache sannen und die Elisabeth abgrundtief hassten. Keine Reue, nicht einmal ein Funken Gutmütigkeit konnte man in ihnen finden. Sie wünschten Elisabeth den Tod.

Die Blicke kreuzten sich und Panik stieg in den himmelblauen Augen auf. Es durfte nicht soweit kommen! Er durfte nicht mit seinem Plan gewinnen!

Die himmelblauen Augen wanderten wieder nach unten. Mitleid kam in ihnen auf, doch sie durften keine Regung zeigen. Sie musste wie er werden! Gefühllos und kalt. Selbst, wenn das den Tod eines Menschen bedeutete, der ihr wirklich am Herzen lag. Selbst, wenn es ihren eigenen Tod bedeuten würde. Um seinen Ruf zu wahren, würde er alles tun. Aus ihrem Respekt und der Liebe ihm gegenüber war Angst geworden, eine Angst, die zum Tod führen konnte. Er war skrupellos, das wusste sie. Er hatte schon gemordet und er würde es wieder tun, wenn er nur den Hauch eines Misstrauens hegte. Er würde nicht alles weggeben, was er sich über all die Jahre aufgebaut hatte. Niemals.

Elisabeth klopfte energisch gegen die Tür. Noch einmal würde Melanie sich so etwas nicht erlauben! So sollte sie sie doch umbringen! Sollte sie sie doch als Mörderin dastehen lassen! Sie hatte ihr vertraut!

Die schwarzen Augen bedeuteten der jungen Frau am Fenster, zu öffnen. Wäre Elisabeth bloß nicht gekommen! Wieso musste sie auch hier sein? Zitternd ging die Frau mit den himmelblauen Augen hinunter. Bei jedem Schritt auf der Treppe verlor sie immer mehr die Hoffnung, dass alles gut werden würde. Elisabeth musste verschwinden. Sie musste einfach!

Ungeduldig stand Elisabeth unten. Hatte Melanie sie nicht erwartet? So gerissen wie sie war, sicherlich. Schließlich konnte sie auch nirgendwo anders sein. Nein, sie zögerte die Begegnung bestimmt nur heraus.

Elisabeth hatte richtig gedeutet. Melanie zögerte alles hinaus, aber nicht aus Angst aufzufliegen, sondern aus

Angst vor einer erneuten Begegnung der beiden. Sobald er Elisabeth treffen würde, würde sie tot sein. Alles hatte mit einer undurchdachten Handlung begonnen, doch nun? Nun lag alles in Trümmern. Selbst mit ihrer Freundin konnte sie nicht reden. Nichts war so einfach, wie Elisabeth immer dachte. Wenn ihre Mutter doch nur leben würde, sie hätte ihn sicherlich beruhigt! Als sie noch am Leben war, wäre er niemals auf Ideen gekommen, wie etwa illegale Geschäfte oder sogar Mord. Sie hätte ihn daran erinnert, dass Reichtum nicht alles war. Oh, wäre sie bloß hier.

Elisabeths Faust hämmerte erneut gegen die Tür. In ihrer Wut bekam sie die Klingel einfach nicht zu fassen. Nichts würde von heute übrigbleiben. Wie konnte sich Melanie nur so sehr ändern? Immer hatte sie ihrer Mutter, der Schauspielerin nachgeeifert, die nun leider nicht mehr lebte. Hatte das sie genauso kalt und mordsüchtig gemacht wie ihren Vater? Elisabeth fiel es nicht auf, um wie wenige Millimeter sie an der Wahrheit vorbei dachte.

Alles ergab einen Sinn. Nur hatte sie das wichtigste Detail die ganze Zeit ignoriert. Doch war es auch das wichtigste Detail? War es auch die Wahrheit, die sie gefunden hatte? Es musste so sein! Wenn die Teile eines Puzzles passten, musste auch das Bild vollständig sein. Doch zwei Teile des Puzzles hatte sie vertauscht. Was im Spiel nicht auffiel, machte im Leben alles anders. Denn diesmal ging es um alles.

Melanie musste beide getötet haben! Frau Kurze, die ihr aufgrund der Schulden alles, was sie hatte, nehmen wollte. Sie musste sie mit irgendetwas erpresst haben. Vielleicht ein Diebstahl oder etwas in der Art. Und Hans Fregler, der Mann, der nie existierte. Er existierte wohl, nur hörte man lange auf, an ihn zu denken, als er zu denen gehörte, die nichts mehr zu geben hatten. Zu denen, denen ein Brot mehr bedeutete, als die Marke der Schuhe, wie heutzutage normal war.

Ja, Hans Fregler war ein Mensch, der laut Papieren lange nicht mehr existierte. Ein Rätsel, das man nur mit allen möglichen Recherchemöglichkeiten lösen konnte. Früher einmal hatten ihn die Leute gekannt, bevor er auf der Straße gelandet war. Doch so – alle schienen sich nur für Menschen zu interessieren, die auch Erfolg im Leben hatten. Man konnte es wirklich nur herausfinden, wenn man die Quellen der Polizei hatte. Oder als Mörder. Vermutlich gab es keinen Grund, ihn zu töten, außer er hatte den Mord gesehen. Wieso sonst sollte man Melanies Halskette in den Beweismaterialien finden? Eine andere Lösung ergab einfach keinen Sinn! Alle Spuren führten zu ihr, doch ihr Vater begann natürlich keine Ermittlung. Nur der Kommissar hatte die Möglichkeiten, den wahren Schuldigen sofort zu finden, besonders bei einer solchen Beweislage. Er musste jemanden decken. Und wenn nicht seine Tochter, wen dann? Dabei übersah Elisabeth eine andere Möglichkeit, die zwar genauso abwegig klang, doch besser ins Bild passte, als alles andere.

Diese Spur mit dem Handy, die den Streit mit Kira nur so anfachte. Wie konnte Melanie etwas so hinterhältiges tun? Ein Handy mit ihrem Fingerabdrücken Kira

unterzujubeln war nur gemein. Dass ihr Vater das alles mitmachte, machte alles nur noch schlimmer. Wie konnte er die ganzen Spuren nur geheim halten?
Melanie zitterte vor Angst. Ihre himmelblauen Augen wurden immer größer. Das durfte alles nicht weitergehen! Wieso war alles nur geschehen? Sie hätte Elisabeth gerne gewarnt, doch sie hatte zu viel Angst vor ihrem Vater. Was sollte sie schon ohne ihn tun? Sie war arm wie eine Kirchenmaus, lebte im Haus von ihrem Vater und hatte nie eine andere Stadt gesehen. Sie hätte Elisabeth gerne geholfen, doch dafür brauchte sie eben einen anderen Schuldigen. Und wenn sie sich gegen ihren Vater gewendet hätte, so auch gegen die ganze Stadt. Es gab keinen Ausweg, sonst wäre sie schon längst gegangen.
Die Beweise waren eindeutig. Es muss einfach Melanie sein. Elisabeth durfte nicht zweifeln! Sie hörte die Schritte hinter der Tür. Diesmal kein schnelles Klappern der hohen Absätze; seltsam.
Melanies Finger klammerten sich hilflos an die Klinke. Der Mann mit den schwarzen Augen trat währenddessen schon auf die erste Treppenstufe. Sollte sie wirklich öffnen?
Gleichzeitig mit dem Öffnen der Tür trat Elisabeth ein. Melanie hatte dunkle Augenringe und sah längst nicht wie eine Mörderin aus, auch wenn sich der Tod in ihren Augen spiegelte. All die Wut verschwand aus Elisabeth. Sie war kein nachtragender Mensch und ihre Naivität hatte wieder gesiegt.

"Verschwinde. Verschwinde, bevor es zu spät ist." Melanie klang heißer. Sie klang, als hätte sie schon mit dem Leben abgeschlossen, denn das hatte sie auch. Die übliche Fröhlichkeit war verschwunden. Nein, sie konnte Elisabeth nicht zerstört haben, den etwas oder jemand hatte sie zerstört. Zu einem Abbild ihrer selbst gemacht, das Leben und Tod einfach verband.
"Was ist los?" Elisabeth wurde panisch. Sie hatte Melanie noch niemals traurig oder gar ängstlich gesehen.
Die himmelblauen Augen wanderten das Treppengeländer hoch. Schwarze Augen streiften ihren Blick. Ein Grinsen machte sich auf dem Gesicht des Mannes breit. Noch war es nicht vollständig zu erkennen, doch das Messer in seiner Hand funkelte schon im Sonnenschein.
"Glaube mir, ich habe sie nicht getötet! Ich würde so etwas niemals tun! Aber sie hätten uns ruiniert, du musst das verstehen! Ich kann doch nicht gegen meine eigene Familie sein! Bitte, glaube mir!"
Glaube mir. Sollte Elisabeth ihr glauben? Wo sie doch so viel gelogen hatte. Doch jetzt sprach Wahrheit aus ihr. Wer war dann für den Rest verantwortlich? Wer, wenn nicht Melanie?
Endlich tauchte zu den schwarzen Augen ein Gesicht auf. Ein hämisches Grinsen, die Freude am Tod. Er wollte sie sterben sehen! Er wollte alle sterben sehen! Er liebte den Tod doch! Kommissar Kurt. Melanies Vater. Er hatte getötet und würde es auch wieder tun, wenn es nur nötig war. Nichts hielt ihn zurück. Er hatte

schon alle ausgetrickst, da konnte so ein halbes Mädchen nicht gegen ihn gewinnen. Er war ein Genie.

Wie konnte er es sein? Aber ja doch, er hatte die Möglichkeit. Er musste seinen Ruf wahren. Und das Funkeln in seinen Augen verriet sein wahres Gesicht. Das Gesicht eines Mörders. Das Gesicht des Todes.

Aber natürlich! Einmal wies alles auf sie hin, damit sie mit diesem Verdacht den Beweis zur Unmöglichkeit ihrer Spur erhielt. Doch die Morde führten immer von der Familie weg. Er war ein Genie. Oder ein Wahnsinniger. Je nachdem, auf welcher Seite man stand.

Leben und Tod. Das war sein Beruf, das war seine Berufung. Als Kriminalkommissar bedeutete es ihm mehr als alles andere. Während er die Kontrolle über Leben und Tod gewann, verloren alle in seinem Umfeld die Kontrolle über deren Leben. Er war ein Manipulator, ein Sieger und doch hatte er den wichtigsten Kampf verloren. Den Kampf gegen seine Seele.

Die vertauschten Puzzleteile fanden wieder ihren Platz. Das Bild ergab einen Sinn. Doch was nun? Sie hatte sich so oft getäuscht, wie sie nur konnte. Hier konnte sie nicht bleiben und auch nicht in der Stadt.

"Renn. Vielleicht werde ich es auch bald können." Melanie blickte ihr tief in die Augen, während ihr Vater immer schneller auf Elisabeth zulief.

Elisabeth rannte. Sie rannte um ihr Leben, um eine neue Zukunft. Es sollte nicht heute enden. Vielleicht würde es eines Tages noch ein Morgen geben. Alles war sie hatte, war zwar hier, doch noch hatte sie ihr Leben. Es würde schwer werden, doch sie wollte leben.

Noch gab es Hoffnung, vielleicht sogar einen Weg, so unbekannt er ihr auch noch war.
Leben. Ja, jetzt wollte sie leben. Auch wenn ihr Leben in Scherben lag. Vielleicht würden ihre Freundinnen es auch eines Tages wieder können. Ja, ihre Freundinnen. Denn Freundschaft kann man auch nicht mit einem Tod beenden. Egal, was beide getan hatten, Melanie, Kira und sie würden immer Freundinnen bleiben. Und vielleicht, nur vielleicht, würden alle drei eines Tages wieder das Leben leben, das sie sich gewünscht hatten. Vielleicht oder bestimmt ...

Nachwort

Liebe Leser,
damit ist die Geschichte über Elisabeth, Melanie und Kira beendet, auch wenn jeder von euch sich selbst ausdenken kann, wie es wohl weitergeht.
Wenn jemand weitere Geschichten von mir lesen will, so findet man mich auf Wattpad als @thetasteoftears2022 .
Auf story.one als @MarleneLayance .
Auch über Leserbriefe per E-Mail würde ich mich sehr freuen, dort findet man mich als marlenelayance@gmail.com .
Hier möchte ich auch noch einmal meinen Dank an meine Probeleser und Freunde von Wattpad aussprechen, ihr habt mir wirklich sehr bei der Entstehung dieses Buches geholfen.
Ich hoffe sehr, dass euch Lesern das Buch gefallen hat.

Vielleicht liest einer von euch „Zum Mord bestimmt" auch noch ein zweites oder drittes Mal, was mich sehr freuen würde.
Wer auf weitere Werke von mir wartet, wird sicherlich noch einiges im Buchhandel zu lesen bekommen, ich bin schon am nächsten Projekt. E-Books sind schon einige unter meinem Namen zu finden.
Bis zum nächsten Buch!
Eure
Marlene Warnke

www.ingramcontent.com/pod-product-compliance
Lightning Source LLC
LaVergne TN
LVHW041623070526
838199LV00052B/3220